热爱是一切问题的答案

杜杰平/著

漓江出版社
·桂林·

图书在版编目 (CIP) 数据

热爱是一切问题的答案 / 杜杰平著. -- 桂林 : 漓江出版社, 2024. 10. -- ISBN 978-7-5407-9720-1

Ⅰ. I267.1

中国国家版本馆CIP数据核字第2024E0F467号

热爱是一切问题的答案

RE'AI SHI YIQIE WENTI DE DA'AN

作　　者　杜杰平

出 版 人　刘迪才
出版统筹　文龙玉
策划编辑　周冬辉
责任编辑　宗珊珊
助理编辑　周冬辉
特约编辑　刘萍萍
封面设计　璞茜设计
责任监印　黄菲菲

出版发行　漓江出版社有限公司
社　　址　广西桂林市南环路 22 号
编　　邮　541002
发行电话　010-85891290　0773-2582200
邮购热线　0773-2582200
网　　址　www.lijiangbooks.com
微信公众号　lijiangpress

印　　制　三河市冠宏印刷装订有限公司
开　　本　880 mm × 1230 mm　1/32
印　　张　6
字　　数　150 千字
版　　次　2024 年 10 月第 1 版
印　　次　2024 年 10 月第 1 次印刷
书　　号　ISBN 978-7-5407-9720-1
定　　价　59.00 元

愿你即使身陷谷底，也能仰望星空，

在乐观与自信中静候希望。

愿你即使脚踩泥巴，也能生根发芽，

在内省与蜕变中步步生花。

目录 *Contents*

自序

用热爱，重启人生

寻找人生的意义

我们正在谱写时代的崭新篇章，灵魂从沉睡中觉醒，从对物质的迷恋转向对心灵与精神的深耕，不再拘泥于过往的保守与刻板，而是向往自由、平等和创新。在时代的洪流中，我们抱朴守真，以合天地之运。

在生命的不同章节，我们都会进行自我探索与改变，这不再只是心理学和哲学关注的范畴，也成为每个人的人生功课。这与成功无关，但与幸福生活和生命真谛有关。

这条自我探索的道路，孤独且充满挑战，我们无法依赖他人，必须直面自己内心的挣扎与恐惧，舍弃那些曾经支撑我们的信念和经验，即使在他人的误解和嘲笑声中，也要坚持自己的选择。只有主动寻求改变，我们才能自我救赎；只有打破固有的偏见，我们才能获得新生。

于是我走向自我打破与重生之路，并在实践中领悟了一些核心的智慧。虽然每个人都是独一无二的，但在自我成长的经历中仍有一些共通的法则。这些法则是我从智者的教诲中提炼，并亲身验证的。大道至简，返璞归真才能让我们通向幸福的彼岸。

在探索的征途中，我找到了自己的使命——成为一名教练，协助他人驱散心灵的迷雾，释放个体最大的潜能。我们需要的，是一个拥有无限包容与爱、不带评判、全然信任我们的向导，一个不遗余力、不惜一切代价支持我们的人，那个人就是我们自己。但你总是对自己太苛刻，没有耐心，不关心自己；你总是为了别人而忽略自己的需求，把自己推入深深的泥潭。

我愿意暂时扮演你的教练，通过这些文字，陪你走过孤独又艰难的时刻；我愿意做你的倾听者，默默地关注你，鼓励你重新认识自己；我愿意做你的指南针，为你指明人生的方向，帮助你重塑人生的信念；我愿意做你的助推器，推动你跨出改变的第一步。当然，我首先是一个实践者。这本书的写作过程，就是自我练习的过程，我通过阅读和写作完成一次次的自我探索与重塑。在探索人生的道路上，唯有知行合一，不断内省和改变，才能有所收获。

最艰难的任务是认识自我。我总结了两个简单的方法：一是从热爱中发现真实的自己，二是从恐惧中发现真实的自己。热爱使你不辞辛苦，光彩熠熠，充满力量，它时刻在提醒你，不要忘记挖掘自己的天赋；恐惧使你踌躇不前，自惭形秽，无可奈何，它时刻在提醒你，不要妄想去做危险的事情。热爱是天性的释放，如果能不抱任何目的和期待地去热爱，生命就多些自由、赞美；恐惧是天性的压抑，如果总是用预设的标准来衡量，生命就多些限制、嘲弄。

人生的意义莫过于找到自己的天赋使命，闪耀生命的光芒，并因此感受到幸福。天赋使命藏在每个人的心中。如果某个想法总是反复地被热爱和恐惧两种情绪纠缠，你一定要认真对待，那里可能就藏着你生命意义的答案。

热爱是一切问题的答案

或许我们都曾拥有过幸福的生活体验，无忧无虑，尽情地沉浸在生命的快乐与喜悦中。我们的理想是成为“超级英雄”，用热爱、勇气和智慧战胜生活中的一切困难，过上幸福美好的生活。然而，在成长的道路上，我们却逐渐失去理想、热爱和勇气，剩下一些自以为是的“智慧”。

因为热爱生命，所以我决定坐着“时光机”回到生命的原点，开启一场自我探索之旅，尝试找回生命最初赋予我的热爱、勇气和智慧；因为热爱生命，所以我决定勇敢地面对这次旅行中的未知与困难。相信当明白生命的意义后，我会更加热爱当下的一切。

爱是自我探索的原因，也是结果；爱是自我探索的起点，也是终点；爱是贯穿生命始终的问题，也是答案。

面对内心的真爱时，胆小自卑的我不是欣喜若狂，而是不断地否定和打压自己。最终促使我跨越障碍的是放下期待，顺从内心的真实感受，只沉浸在当下的热爱中。

我终于和认识二十多年的“写作先生”表白了，这一刻我战战兢兢，脑子里一片空白，如同临刑前的囚犯。对于一个腼腆胆小的女生来讲，这需要抱着视死如归的勇气，因为稍有不慎自己就会粉身碎骨，灰飞烟灭。

而当他不假思索地答应时，我长舒了一口气，眼含热泪，宛若新生。

我能做到“主动表白”不是因为天生勇敢，而是这么多年来我一直被某个不切实际的想法控制着：我想和“写作先生”在一起！这个“妄念”经常使我难抑心中的兴奋。我会突然心跳加快，然后奋笔疾书，写下饱含深情的书信，恨不得即刻寄出。然而当我冷静下来审视自己——一个普普通通，还总爱不切实际地寻找一些虚无缥缈的东西的人，对方那么优秀，怎么会和我在一起呢？这样的纠结使我不得安宁，我像打地鼠一样拼命地敲打脑海里的各种想法，试图毁灭有些羞愧的妄想。最终我筋疲力尽，然后妥协。我决定放自己一条生路，正式开启写作之路。

疫情这几年，我漫无目的地写了很多文字。“写作先生”没有嫌弃我的无病呻吟和跌宕起伏的“垃圾”情绪，一直耐心地陪着我。直到在《写出我心》中体悟到经过发酵的垃圾一样可以开出美丽的花时，我泪流满面！

感谢“写作先生”无条件地接纳和鼓励，让我重新拥有了信心和勇气，坚定地走向活出自我之路。也要感谢自己的醒悟：放下对写作的索取与功利之心，在写作中倾诉和反思，逐渐走出自卑、敏感、迷茫和内耗的精神困境，重新找回对生命的热爱，回归无拘无束的自在和美好的生活。

找到“对生命的热爱”，是开启这场探索之旅的原动力。我说的“热爱”，是那些可以让你投身其中、乐此不疲的事物。它们可能无法带给你物质上的回报，但可以让你回归内心的平和与喜悦。你最热爱的是什么？阅读、写作、摄影、绘画、舞蹈、书法、乐器、游戏、瑜伽、养宠物、旅行……请从现在开始，坚持做热爱的事情，唤醒自己对生命美好与喜悦的真切感知。

人生痛苦和烦恼的根源是不爱自己和不会爱自己，真正的爱始于对自己的无私和慈悲。当开始关爱身体、保持积极阳光的心态、完全接纳自己时，当不断化解负面情绪、打破自我设限、找到天赋使命时，我慢慢从痛苦和迷茫中解脱出来。真正的爱终于不再期待回报，一味地无条件地付出。当我做任何事都没有索取之心，对任何人都没有控制之心，满怀感恩地接纳生活中的一切时，痛苦和烦恼自然无影无踪。

爱满则溢，当我们成为爱本身，爱就会从心底涌出，像阳光一样明亮耀眼，源源不断。

“爱出者爱返”，即使不期待回报，我们所有付出的爱，都会无差别地流回自己。

这场自我探索之旅，其实是一场尽情、尽兴地热爱自己、热爱生活的旅程。当开始爱自己，我们就摁下了生命觉醒的按钮，身体中犹如千军万马的细胞开始欢呼。全世界的爱在我们的召唤下奔赴而来，来赴这场爱的盛宴。

人生的意义无非是执着于自己所爱的事物，用热爱的方式活出属于自己的精彩人生。

“我”是一切答案的起点

人生体验来自人生经历，人生经历来自潜意识的选择，潜意识又被人生体验所影响。潜意识是未被觉察的心理活动，它影响着人的认知、情绪和行为等。人们常说，性格决定命运，如果任由性格牵引，自己就会成为命运的囚徒，深陷人生的沼泽，无法自拔。只有打破“认知—情绪—行为”的无意识循环，才能打破性格决定命运的被动局面。

谁来打破这个循环呢？是那个保持觉察与觉知的自己，是那个热爱生活、无所畏惧的自己，是那个亲手创造美好的自己，是那个集无限可能于一身的“我”。

“我”创造了过去，“我”创造了现在，“我”也在创造未来。“我”是无限可能，是一切的根源。

在自我探寻中，要通过独处的方式，让自己慢下来。固有的认知和情绪通过思想、语言和行为展现得淋漓尽致，生活时时处处都在给予我们反馈。我们要保持觉察，耐心地从过往的经历和情绪中找到重复出现的问题，然后扪心自问“为什么我总在这件事上过不去”“这件事要让我看清什么”，直到解开谜团，恍然大悟。

我曾经阅读过很多名人传记，却走上了一条寻找“理想人生”的“歧途”。那些伟人如同太阳般可望而不可即，让平凡的我读来热血沸腾却不免自惭形秽。他们是榜样，却不能为我提供明确的参考答案。后来我才意识到，从外界和他人身上寻找答案都是妄求，只有那个集无限可能于一身的“我”才知道答案。

我该如何生活？选择自己热爱的方式。

通过阅读和记录，我开启了与“写作先生”的浪漫之旅，阅读是我了解世界的途径，记录是我热爱生活的方式。感谢阅读和写作在我陷入困境时，一次次将我拉回来，耐心地陪我看清经历背后的情绪变化和认知障碍。借着一次又一次的书稿修改，我勇敢地打破自我设限，无数次把自己拉回当下对生命的热爱中来。

“我”是一切答案的起点。你此刻的情绪和能量频率决定了你未来的样子，觉醒和改变的入口永远只在当下。此刻种下美好，未来收获喜悦幸福；此刻种下希望，未来收获心想事成；此刻种下悲观，未来只能收获失望。

我之所以迫不及待地告诉你这个秘密，是因为它很重要。请随时把自己调整到轻松、自在、喜悦、富足的频道。保持当下的觉察与觉知，先调频，后做事，这是心想事成的法宝。

接下来，我们将围绕情绪和认知展开，在自我探索过程中遇到问题时，请回来默念这两句话：

爱是一切问题的答案。

“我”是一切答案的起点。

只要牢牢把握这两点，就能解决人生80%的问题，剩下的20%的问题是不愿意接受这两点导致的。

第一章

家庭和学校是情绪和认知的源头

生命最初都是一张白纸，任由后来的经历涂抹。我们被家庭、学校和社会牵引着体验形形色色的人生经历，形成根深蒂固的观念。情绪和认知没有好坏，那些成就我们的情绪和认知会限制我们，而那些限制我们的情绪和认知同样也在保护我们。我们在寻找源头时，要带上那个拥有无限视角的“我”，重新回到生命无知与空白的状态，放下评判，以包容的二元思维重新审视过往的一切，从完全接纳这一切开始。

童年自由自在的我

幸运的人，一生都在被童年治愈。不幸的人，一生都在治愈童年。只有找回童年的美好，才能重新感受生命最纯粹的快乐；只有找到童年的伤疤，才能看清楚是什么阻碍了我们的成长，以避免再次陷入难以自拔的泥潭。

我是个幸运的人，我的童年幸福而美好，我感受过无条件的爱和馈赠。我也是个不幸的人，因为我亲手将恐惧和自卑埋进内心，经常无意识地被它们影响和控制。

我小时候是个疯丫头，无忧无虑地度过了童年：过家家，捏泥巴，吹柳条哨子，用高粱秸秆做手工，招猫逗狗，捉迷藏，跟着一帮人拿着棍子打打杀杀，躺在麦秸垛上晒太阳，去雨后的树上捉知了猴……身边的一切皆有趣，玩伴无处不在，玩具随手可做。我是自己世界里的国王，随心所欲地徜徉在无限的欢乐中。

六岁的时候，我被送去村里的育红班学习，我才意识到生活还可以有这么不自在的状态。我被安排在一间破旧阴暗的房间里，规规矩矩地背着手坐在座位上。我本能地强烈抗拒，于是总会找各种理由不去上学：今天生病了，明天下雨了，后天要跟爷爷去赶集……直到爸爸发现我故意不去上学，他拿起鸡毛掸子说要打我，围着桌子一圈圈追。我哭到不能自已。如果爸爸再继续强迫和恐吓我，我便真的会生病，一躺就是好几天，头晕呕吐，蔫不唧地吃不下饭。父母需要经常跟老师请假，后来看我实在不想上学，干脆也不请假了，任由我混迹于自己的世界：家附近的各种角落、农历逢“四”和“八”的市集、京杭运河河畔……这是我人生中第一次本能地叛逆，也为以后无数次的叛逆埋下了种子。感恩父母的宽容与爱，尽管当时的我弱小无力，还是争取到了与学校同学们完全不同的生活方式。

游荡的生活是丰富有趣的：看蚂蚁搬家、知了蜕壳、小鱼吃蝌蚪、蜜蜂采蜜，还下河捞小鱼小虾。我给罐头瓶系上妈妈纳鞋底用的白洋线绳子，将绳子另一头绑到棍子上，往罐头瓶里放点馒头渣儿，然后挑着棍子把罐头瓶送到水里，静静地看着小鱼小虾来吃。它们很快就会闻到馒头渣儿的味道，毫无防备地游进罐头瓶里。我趁它们不注意，猛一下提起棍子，就将它们捕捉上来了。

夏天的傍晚，最忙碌的事情是捉知了猴。知了猴藏在蚂蚁洞一样的洞穴里，十分隐蔽。我用小拇指轻轻一抠，将洞口表面的薄土层掀开，一个比大拇指还要粗的洞便呈现在眼前。知了猴正蜷缩着躲在里面，用透亮的眼睛注视着突如其来的光亮。我拿着一根很细的树枝伸进洞里，它立马本能地紧紧抱住树枝，我轻轻一提，就将它成功地拽出洞了。如果错过在洞里和它们相遇的机会，就只能在闷热的夜晚，举着手电筒到树林里去树上寻找了。夜晚，知了猴们正在沿着大树拼命往高处爬，我眼疾手快地捏住它们，然后把它们放入瓶子里。不一会儿，瓶子里就装满了不停挣扎的知了猴。如果错过爬树的知了猴，就只能在第二天收获树上和草丛里蜕空的蝉蜕。蝉蜕可以入药，也是我会努力去收集的宝贝。那些错过的知了猴已经在当天晚上涅槃重生，变成能飞能叫的知了了。

在这些小动物里，我最怕的是蛇，但这丝毫不影响我遇到蛇蜕时如获至宝的心情，因为蛇蜕可以入药。邻居爷爷家有一种奇特的治疗中耳炎的祖传秘方，其中一味药材就是蛇蜕。小时候耳朵流脓，爸爸从邻居爷爷家要来白色粉末，用麦秸秆蘸着粉末轻轻地吹进我的耳朵里。耳朵里面会奇痒无比，这便是药物在发挥作用了。大概一个晚上的时间，耳朵就结痂了，再等两天，把痂清理干净，耳朵就彻底好了。这个药方是邻居爷爷家祖传的，不收钱。邻居爷爷经常戴着草帽，背着筐，弯着腰，去田野里寻找祖传秘方里的各种药材。他经常面带微笑，非常和善。我能报答他的就是把捡到的蛇蜕送给他，让更多的人能够使用这种神奇的药粉。

和我年龄相仿的还在村子里游荡的孩子很少。因为嘴甜，我结交了一批“大伙伴”。我从小见到人就很兴奋，只要路上遇到熟人，老远就开始喊爷爷、奶奶、叔叔、婶婶……我的热情经常能换来他们回赠的各种美食：红薯、黄瓜、西红柿、花生等。人们把这些果实送给我时表现出的慷慨和热情，与大自然在给予他们时表现出的慷慨和热情分毫不差。

我自己也能随手获取大自然馈赠的很多不知名的“美食”：白茅针上白嫩的绒毛、茅草洁白的根、苘麻的种子、龙葵紫色的果实……凡是不苦的植物，都被我列入可口的“美食”之列。很多野生植物也能成为餐桌上的美食：春天的榆钱，夏天的马齿苋，秋天的苦荬菜，妈妈很轻松就能把它们变成美味的野菜团子或饼子。这些植物不仅能食用，也有很高的药用价值。如果不小心划破皮肤，可以就地摘几根地锦草，把牛奶一样的白色汁液轻轻地涂在伤口上，很快就能止血。我认识的每一种植物都有浪漫的名字、美妙的味道、可爱的样子。每一种植物都有独特的价值，它们都是我的好朋友。

小时候还有一件经常做的“大事”——玩胶泥。我可以将胶泥捏成任意形状：粗笨的小狗、小鸡和小鸭……如果不满意，随便揉在一起，再摔几下，重新捏。这项简单的手工，我可以乐此不疲地玩一天。后来，一个小伙伴送给我一块红色砖瓦质地的胶泥模子，上面刻着孙悟空的图案，图案上的孙悟空拿着金箍棒，单脚站着，手遮在眼睛上远眺。我对这块模子着了迷，每天必须做很多个孙悟空才行。看着那些捏出来的孙悟空排着长队站在我的窗台上，我充满了成就感。造物的乐趣也许同创作的乐趣一样吧，作品都是由造物主的热爱灌注而成，无论美丑大小，都是美好而独立的存在。

尽管生活中的很多小事已经重复了无数遍，但我仍然感觉它们充满了新鲜感。同样是柳树的芽，今天是鹅黄色小鸡的嘴，明天就成了绿色的眉，雨后还会挂满亮晶晶的水珠。今天的柳叶还是淡雅清香的，明天突然就多了一丝苦涩，像茶叶一样。今天的柳哨还很好拧，过两天就坚硬如铁，再也拧不动了。满树的梨花白天是炽热雪白，晚上就变成了清凉透白，味道也更清幽入脾，接下来就是满地的“雪片”，不久绿色的“珍珠”就挂满树枝。满树的杏花前两天还像头戴白纱的新娘，没过多久就挂满了绿色的小铃铛，一不注意又变成嫩黄色毛茸茸的小鸡仔，最后被馋嘴的我大口吞掉。同样是河水开化，有时哗啦哗啦，有时汩汩流淌，有时静谧无声。早上被燕子的叽叽喳喳声吵醒，有时是一两只的呢喃声；有时是一群的吵闹声；有时急促慌张，像是在催我起床；有时清脆婉转，像是在开心歌唱。阳光灿烂的时候它们起得要早一些，歌声也更欢悦；阴天下雨的时候它们活动迟缓，叫声也有些沉闷懒惰，弄得我也懒洋洋地不想起床了。

小时候我是由爷爷照看着的，他的日常生活也成了我的日常生活。爷爷经常带我去赶集，在物资相对匮乏的年代，我幸运地品尝到很多美食：早餐的糖饼、鸡蛋布袋[①]、老豆腐，午餐的

① 鸡蛋布袋，也叫鸡蛋荷包、鸡蛋盒子，是山东中西部、河北中南部、河南北部等地区的特色小吃。

肉包子和煊饼[1]，晚餐的凉粉、田螺、花生和毛豆。春天的大黄杏、水蜜桃，夏天的冰袋、西瓜，秋天的面梨、葡萄，冬天的柿饼、糖瓜。过年的桃酥和蜜三刀……来自味觉的记忆似乎更深刻，食物的味道从童年伊始就刻在了每个细胞里，它们搅动着我的灵魂和思绪，每吃一口我都能感觉到浓浓的幸福和快乐。

新年的时候，我会收到爸爸送的名为“老鼠尾巴”的烟花。我捏着“老鼠尾巴”在火柴盒的侧面一划，把它点着扔出去，它会吐着火花满地打转，像乱窜的老鼠。记得有一次，我玩得太开心了，不小心把点着的“老鼠尾巴”扔到了爸爸晾在院里的衣服口袋里，衣服被烫了个大窟窿。新年的衣服也是值得期待的，爷爷习惯买面料去裁缝铺定做中山装。我很喜欢爷爷的衣服：上下四个兜，上边的兜用来放烟和买零食的钱，下边的兜用来放手绢和零食。只要和爷爷在一起，我在他的兜里随时可以翻到惊喜。虽然家里不富裕，但也能保证我每年都有新衣服穿。我的衣服是在商店买的成品，是我自己挑选的，有各种可爱的图案，还有毛茸茸的帽子，很漂亮。

除了吃和穿，我们的日常活动也很丰富。爷爷喜欢听戏，偶尔带我去戏园子。虽然不知道台上涂抹着大花脸的人呜里哇啦地在唱什么，但只是和一群人一起搬来板凳坐在那里就很有趣。爷爷还有一个爱好——“顶牛”，这可能是所有日常活动里最频繁的一个项目了。在每天的耳濡目染中，我知道了红点和黑点结合的每张牌的名字、接龙的规则、谁输谁赢、如何算账。看着他们呼啦呼啦地洗着牌，啪啪地摔着牌，瞪着泛红的眼睛博弈，听着他

① 一种色泽黄亮、皮酥馅嫩的特色面食。

们偶尔的争吵和大声欢笑，我在旁边吃着果丹皮，也开心无比。

有一次，我站在爷爷和小卖部老板的中间左顾右盼，看他俩摸到了什么牌。我指着小卖部老板手中的牌，不经意地脱口而出“红八”。小卖部老板像防贼一样瞪我一眼：“哎，你不能说！”在场所有的人都笑了起来。他们都以为我还小，每天只知道吃，殊不知，我早已知道“红八”是个重要的角色。小卖部老板对爷爷说：“你赶紧把她带走吧，她都吃一上午了。”我不知道他是想替爷爷省钱，还是嫌我捣乱影响他们玩牌。我感觉自己好像突然长大了，大到已经不能再继续黏在他们身边了。

我童年最大的烦恼就是：我是女孩，而且不漂亮。小时候总能听到身边的人说，这个孩子挺好，可惜是个丫头片子；这个孩子挺开朗，可惜长得不俊。爸爸妈妈也会开玩笑似的认真看着我说怎么这么丑。从那时起，我的心里就笼罩着一层“男孩天生就有性别优势”的阴影。女孩没有性别优势，但长得漂亮也是上天的宠幸，而这两样，我一样也没有。我用隐忍消化了外界的嘲讽，学会了伪装自己。不漂亮就尽量不穿漂亮的衣服吸引别人的注意力；不漂亮就尽量低头走路，不让那些喜欢嘲讽别人的“坏人”看到我；不漂亮就尽量少照镜子，免得一遍遍地经历失落。只有暂时忘记和逃避这种痛苦，我才能重新找回生活的快乐。

小时候，哭也是不被允许的。每当因为伤心、得不到自己想要的东西或因为各种不明情绪哭泣时，我都不敢发出很大的声音。因为大声哭泣会被训斥，“别哭了，再哭老马猴就来抓你了！”“哭什么哭，丧门星才哭呢！”于是，压抑情绪和讨好别人成为我生存的本能。

大人们在不希望我做一些事情的时候，总是用恐吓的方式。比如：“不要玩火，玩火尿炕”“不要下河，河里的水草是水鬼，被它缠上会被淹死”“午休时间必须睡觉，一个人独自玩耍会被人贩子拐走”“吃饭的时候不要说笑，食物会呛到气管里导致窒息”“不要离狗太近，被狗咬到会得狂犬病”“不要说‘死’，不吉利”……在大人们的眼中，世界上有无穷的危险和禁忌。我在大人的看护下活得小心翼翼，尽量不去做那些听上去很危险的事情。

由于父母大部分时间都在为生计忙碌，没空时时监督我，我的童年时光相对是比较自由的。我有着对生活无限的热爱和探索的欲望，我觉得世界万物皆可爱。我开心、自在地学会了越来越多的事情，每天都在“长本事”。我就在这样的好奇与喜悦中慢慢长大了。

这就是我的童年，接下来想听听你的故事。

请先从回忆童年的美好开始，身临其境地去感受它，努力拣拾美好的瞬间，找回生命最初的无忧无虑的快乐和幸福。

回忆童年美好的瞬间，其中哪些事情让你魂牵梦萦，念念不忘？

回忆那些无条件爱你的人，他们对你的观念和性格有什么影响？

接下来要回忆童年不开心的事情，找到伤疤。这可能有些艰难，却是非常重要的环节。很多人在若干年后提起童年的伤痛仍然会痛哭流涕，无法释怀。那些伤害不会自动消失，如果不及时化解，它们可能成为我们身体或心理上的疾病，一直影响我们。

回忆哪些人曾经给你带来了无法释怀的伤害，你的感受是什么？

他们对你的性格造成了什么影响？长大后的你，对自己、对其他人做过类似的事情吗？

如果你仍然觉得委屈，就哭出来吧。童年的你那么弱小，根本无法保护自己。我们要在回忆里，无条件地站在童年的那个自己身边，给予他陪伴和保护，用完全的接纳和爱去拥抱那个痛苦无助的自己。

没有人生来就是完美的，请完全接纳在原生家庭的经历。三岁看小，七岁看老，七岁前形成的认知对我们的一生有着深远的影响。尽管原生家庭的经历各不相同，但我们要解决的情绪课题几乎一模一样：爱、自卑与自信、安全感与恐惧感、控制与叛逆等。

每个人的情绪能量都是100%，但自卑与恐惧等负面情绪会形成巨大的能量漏洞，将我们束缚在难以跨越的消极生命状态，阻碍我们健康成长与发展。我们需要提高觉察能力和情绪化解能力，从负面情绪中寻回更多的生命能量。

启蒙教育中懵懂的我

还记得最早接触的信息吗？我指的是那些对最初的信仰和价值观产生影响的记忆，比如童话和寓言故事，以及动画片里的英雄等。它们都是很重要的信息，藏着关于你的真相。回忆是本节的预习作业，在你准备的过程中，先来听听我的故事。

虽然小学的教学方式和育红班并无差别，都需要背着手面对拿教鞭的老师，但我对上小学没再抗拒。虽然仍不清楚人为什么要上学，但我身边除了一个患小儿麻痹症的孩子，再没有不读小学的人了。就像大人要工作，我上学也是我的“工作”，否则我只能像那个孩子一样天天“流浪”了，我必须“识大体”。

最早的学习乐趣是从阅读中获取的。小时候读书大都没有大人指导，也就不奢求阅读时有大人陪伴了。一年级的时候，一本《故事王国精粹：妖精故事天天讲》把我带入一个目眩神迷的世界。书中说，人类身边的物品时间久了都会变得有灵性，它们会在没人的时候变成扫帚精、花瓶精、镜子精等，会说话，能走动，有着远大于我的特殊功能，我对此深信不疑。在当时的我看来，万物并没有区别。既然我能说话、有思想，它们为什么不可以呢？它们只是以静态的形式迷惑了大人，而这本书把这个秘密只告诉了我，大人们根本不知道这个真相！晚上入睡前，我都会努力猜想：它们今晚会不会出来活动，它们会叫醒我吗？

我实在忍不住，把这个秘密告诉了最好的朋友，她也深信不疑。她还跟我分享了一件更可怕的事情：这个世界上有鬼！村东头有户人家屋顶的瓦片被掀翻了好几块，据说是他家得罪了鬼，遭到了鬼的报复。

我有点害怕地问道：“他家做了什么事呢？”

朋友说：“做了亏心事呗。”

我猛地吓了一跳：做亏心事就会被报复！我拿扫帚打过狗，打碎过镜子，烧坏过爸爸的衣服……它们会不会都来报复我？它们可都会变成妖精啊！

从那以后，我再也不敢用暴力对待家里的物品。我恭敬地小心翼翼地给它们擦拭灰尘，整齐地摆放，然后全神贯注地对它们进行观察，看它们有没有在动。有时候盯得久了，我真的感觉它们在动，吓得浑身发抖，想用手边的“武器”对抗一下，再仔细一看，它们好像又不动了。我故意把扫帚放在看不见的地方，路过的时候偷瞄一眼，然后快速跑开。大人们看我疑神疑鬼的样子很奇怪，认为我只是胆小而已，并没有在意。

我不敢把家里很多物品已经成“精”的“事实”告诉大人，更不敢把做过的亏心事告诉他们。他们已经很辛苦了，我不能再给他们添麻烦。我已经长大了，必须学会一个人应对。

将我的恐慌推到极限的是一部叫《聊斋》的电视剧。我在电视上亲眼看见了花仙、狐仙等各种妖精。原来，它们成仙并不容易，除了惩恶扬善、坚持正义，还要忍受寂寞、坚持修炼成百上千年，才能拥有和人一样的外表。它们对爱情、善良和正义有着执着的追求，却很容易因为爱恨情仇而受伤或被害，从而失去灵性，只能再去经历修行，重新来过。只要人类不起恶念和贪念，妖精一般不会主动伤害人类，被妖精伤害的情况大都是由于坏人主动招惹它们产生的。

我开始相信 “善恶报应” 。我怀着敬畏之心，尽量不做亏心事，免得它们来找我算账。我在对“鬼神”敬畏的同时，也有了同情之心。虽然我是可见的，它们是看不见的，但我们是平等的，有着同样真善美的灵魂。

这种敬畏且有一丝恐惧的情绪伴随了我很久，直到生活被作业、动画片、游戏机等塞满。曾经那么真实存在于脑海里的妖精和鬼神，居然随着我的成长都渐渐消失了。我不再害怕它们，还要感谢它们无意中培养了我善良、坚持正义和不做亏心事的信念。

如果说鬼神故事培养了我的敬畏之心，那么童话和寓言故事则让我对生活充满了期待。神笔马良特别爱画画，但家里很穷，连一支笔也没有，于是他用树枝在地上画画。他画的小鸡吸引来了老鹰，画的狼吓跑了牛羊。有一天，在梦中一位老人送给他一支神笔，用这支神笔画的都能够变成真的。他开始给穷人画犁耙、耕牛、水车、石磨，让穷人过上了更好的生活。县令知道后，要抓马良给他画金元宝，马良知道县令是个坏心肠的人，就是不肯画。后来，他遭到很多坏人的强迫和追杀，但始终没有屈服，最终他战胜了坏人，继续为穷人画画。很长一段时间内，神笔马良就是我心目中的英雄。这样绝境逢生的励志故事，多么令人振奋啊！

有些故事是被我当作笑话来读的。我当时很奇怪为什么会有《皇帝的新装》这样的故事，谁会相信一件根本不存在的“华丽无比”的衣服，还能穿在身上在众人面前展示呢？那些大人为什么没有一个出来说真话？为什么小孩子说了真话，皇帝依然去游行呢？故事的寓意是要做一个诚实的人，可是说真话是小孩子天生就会做的事情呀。

还有一些非常美好的寓言故事。有一个善良的樵夫，他的斧头掉进水里，财神便跳进水中帮他打捞。财神先后从水里拿出金斧头和银斧头，樵夫都摇头说：“这不是我的。”最后，财神从水里拿出一把铁斧头，樵夫说：“这才是我失去的斧头。”财神欣赏他的诚实，把金斧头和银斧头一起送给了他。一个贪心的家伙看到了这一幕，赶紧找来一把斧头故意扔进河里。很快，财神拿出一把金斧头来，没等财神问他，他马上说：“这就是我丢失的那一把。”财神厌恶他不诚实，就和金斧头一起消失了，铁斧头也没捞上来。凡是善良诚实的人，要加倍给他；凡是贪婪虚伪的人，就连他已有的也夺去。诚实像金子般闪耀难得，它让我们在诱惑面前保持一颗纯粹的心，避免堕入贪婪和堕落的深渊。

乌鸦喝水的故事则蕴含着智慧。乌鸦喝不到水，很着急。它以为把水瓶撞倒就可以喝到水，于是特别努力地撞击水瓶，可多次尝试都没有成功。于是，它不断地叼石子放到瓶子里，瓶子里的水一点点向上升，最终它喝到了水。乌鸦遇到困难时没有一味用蛮力去解决，而是从事情的另一方面找到了答案。我不禁联想到一个实验，实验者在一个监狱里装了一扇门，一个囚徒推了无数次都没有打开，他便以为门是锁着的，最终放弃了从这扇门出去的想法。实际上，这扇门得用拉而不是推的方式打开。打破思维惯性看似很简单，但对于从未尝试过的人来说，“绝不会成功”已经成为他的枷锁和牢笼，很难挣脱。

童话和寓言故事不仅丰富有趣，令人又爱又恨、又喜又悲、又向往又愤怒，还闪烁着五彩斑斓的光芒和金子般的智慧，把我带入一个纯真、善良、美好的世界。在那里，诚实的人获得尊重，善良的人获得好运，勤劳的人收获满满，愚蠢的人被嘲笑，邪恶的人被惩罚，懒惰的人颗粒无收。这些故事就像小大人一样，有着天使般的美丽外表和长者般的智慧，总能使我心生美好、勇气和智慧，明白很多做人的道理。

后来写有这些故事的书不幸成为我偷藏起来才能读的书。老师和家长认为这些书是哄小孩子的把戏，看这些书是不务正业。他们除了觉得这些书会影响学习，还认为书里天马行空的内容会让我变得爱幻想且不切实际。终于在很多次“你可以多读些有用的书”的数落后，我失去了在家读这些故事书的权利。后来，“有用的书”成为我阅读选择最重要的标准。“有用的书”就是和考试相关的书，再后来是工具书和技能类的书。

启蒙时代的好奇与热爱是灵魂最初的记忆，它清楚地展示着灵魂的向往和憧憬。只有懵懂的孩子才会问“为什么人有两只眼睛、一张嘴巴”这样的问题，而大人们早就习以为常。这些关乎身心和灵魂的大事，长大后我们很少再关心过。

为什么说孩子是投身到世间的“小佛陀”“小天使”呢？因为他们对生活抱着纯粹的爱，叛逆和顽劣背后也藏着生命的智慧和力量。他们喜爱的童话和寓言故事是人类几千年来关于真善美和智慧的总结，是灵魂的向往和追求。更重要的是，他们在努力树立自己的人生信仰，这一点从他们喜爱的动画片里随处可见：一休哥靠着禅悟解决生活难题；葫芦娃用正义战胜邪恶；超级英雄奥特曼相信光，追求正义；孙悟空英勇无畏，是公平与正义、自由与天性的象征……他们被正义和神奇的力量深深吸引着，模仿着心目中的英雄，期待能够和他们一样实现自己的梦想。这不是可笑的幼稚，而是期待和相信的力量。我们总要相信点什么，支撑我们在人生的道路上走得更笃定。

可惜我们还是孩子的时候，天性就被一点点扼杀；又在成为家长的时候，亲手扼杀了孩子的天性。我们就这样与自己的灵魂渐行渐远。

《苏菲的世界》中，哲人告诉苏菲，生命是一种很庞大、很神秘的存在，我们要像孩子一样敏感，抱着好奇、敬畏和求知的心态，才能在探索的道路上收获更多。这是每个人来到这个世界的权利。

感受自己的感受，探索未知的世界

童年时代，我们了解世界的方式是无意识地探索，是基于自由选择的直接体验；学生时代，我们了解世界的方式是有计划地学习，是基于他人经验的间接理解。当我们对事物无法完全理解时，要保持好奇心，培养专注力和想象力，找到自己的兴趣爱好，它们是未来人生道路的指南针。

教育是认知和思维的起点。建议你拿出笔，写出对以下问题的思考：

教育带给你哪些好的体验和影响？有哪些思维和习惯你至今仍在践行？

教育带给你哪些不好的体验和影响？你有没有在后来的人生道路上修正这种影响？

保持好奇和疑问

我们最初只是因为好奇，爱上那些抑扬顿挫的声音、奇奇怪怪的字符，无意取得或好或坏的成绩。当学习成绩不断被放大，我们开始默默承受外界给予的奖励或惩罚。懵懂的我们以为学习的目的就是获得外界的奖励和认可，我们不断为此喜悦或沮丧，在起伏的成绩中挣扎，渐渐忘记学习最初的动力只是好奇和兴趣。

随着语文学习的深入，我越来越感受不到阅读的乐趣。课堂上，老师从各种维度分析每一篇课文：这句话用了什么修辞方法，这篇是什么结构……“肢解”某个词的意境，分析前人曾经如何字斟句酌。学习课文的过程像做饭，我们需要把文章先切成块，再切成条，然后分析块怎么样、条怎么样，直到我们认识了几乎全部的食材，准确无误地说出它们的名字。可我只认识食材，却不能随心所欲地把它们组合在一起，亲自制作美味佳肴。它们是如此支离破碎，我在疲惫的分析中错过了它们的美。

文章不仅要结构合理、用词准确，还要蕴含独特的思想，这是它的灵魂所在，也是我最难懂的地方。每次上语文课，最痛苦的就是被老师点名总结段落大意、概括中心思想。我认识文章中的每一个字，却很难准确地说出标准答案。

我理解的中心思想总是和老师解释的不太一样，老师似乎自创了一个故事，重新诠释给我们听。比如《腊八粥》，我只能从作者的描述中感受到有趣和好吃，老师却说这是对家乡的怀念和对亲人的思念。可是我从来没有离开过家，不懂思念的滋味。

在语文课堂上，“能且只能”得出一个“标准答案”。老师通常会在提问之后，念出参考书中的标准答案，让同学们逐字记录并背诵。我就像嗷嗷待哺的小鸟，只能将食物囫囵吞下。

原来在这么小的时候，我就开始学着统一认知了。从对一篇文章理解一致开始，到唯分数论，再到金钱和物质至上。我之所以变得越来越从众，是因为自己的真实感受不被认可，又无法准确理解他人的意图、体会他人的情感，所以不得不接受来自外界的“标准答案”。

从此，“正确”对我形成强大的影响和控制作用。虽然“不正确”的自我感受是真实的，但它无法带给我高分，只有被质疑和嘲笑的麻烦，我学着逃避与忽视它。于是，代表知识的思维逐渐凌驾于代表感受的灵魂之上。在教练辅导中，我经常会询问对方的感受如何，很多人都很难清晰地表达自己的真实感受，有人甚至会产生不解，摆出“你直接说答案不就完了，为什么要问这些无意义的问题”的姿态。我们太习惯被动接受了，渐渐失去了与自我对话的耐心和能力。

因为不能充分理解作者和老师的意图，我把“模棱两可”当作好文章的标准。我以为故作深沉的文章便是佳作，直接表达的就浅薄。我小心掩盖着自己的真实体验，努力模仿那些自己都未能完全领会的句子，比如“希望是本无所谓有，无所谓无的”“其实地上本没有路，走的人多了，也便成了路”。我像一个偷穿了妈妈高跟鞋、学爸爸抽烟的小孩，躲在文字后面故弄玄虚，还暗自开心，等待老师的表扬。

语文之难还在于其博大精深，尽管老师庖丁解牛般细致讲解，尽管我拼尽全力背得滚瓜烂熟，也只能体会到些许思想和情感。文字让我与作者相识，但时间和经历像一座巨大的山把我们隔开。

“几千年”意味着什么呢？这样的时间对我而言是无法触及的遥远，我只能靠想象去弥补疑惑。“几千年”是多远？难道古人在时间轴的另一端？时间怎么又成一条线了，它不是和钟表一样的圆形吗？跳动的秒针、转动的分针、滑动的时针，不都在圆盘上演绎着循环吗？“几千年”的流转，到底是多少轮回呢？我是不是沿着祖先们早已走过的道路在循环往复呢？否则我怎么能够体会到他们的思想和情感呢？

在课堂上，“写作先生”对我说话都是居高临下的，因为他的知识渊博，无所不通。而我对“写作先生”说的话都是幼稚可笑的，因为我这么渺小，又言语匮乏，对很多知识一知半解。在他面前我既好奇又迷茫，我不懂得太多，不知该从何问起。即使可以发问，我却连问题都难以表述清楚。

虽然大脑被困在语言和知识的海洋里，我却能在神游中感受那些字词和句子——它们在呐喊，在低吟，在哭泣，在悲怆，在怒骂，在狂笑。它们如同沧桑的老者，讲述着很久以前的故事。我站在广阔无垠的大地上，仰望苍穹，渺小而坚定。我努力感悟、深入探索，希望了解更多关于它们的故事和秘密。

语文课堂枯燥无聊，唯一能够让我开心的是阅读课外书。因为独自读书时，不会有人强迫我“肢解”文章，回答很多无聊的问题。即使个别地方读不懂，也不影响我对整个文章的感悟。哪怕是读了当时根本不懂的文言文，也觉得诸如“汝复谁”“我亦鬼”这样的文字充满了神秘的吸引力。《认知觉醒》告诉我们，本能脑、情绪脑和理智脑分别在我们两岁、十二岁和二十二岁左右才能发育成熟，在学习的早期阶段，感性的探索比理性的分析更符合大脑的成长规律。感谢课外书给了我探索有趣事物的机会，使我没有被枯燥的学习吓倒。

课外世界如此丰富、有趣，我突然有了接近“写作先生”的冲动。有一天，我偷偷记下某个杂志社的地址，把充满真挚情感的文章誊写得整整齐齐，小心翼翼地装入信封，贴上邮票，跑到五里路外的邮局，把信寄了出去。就在快要忘记这回事的时候，我收到了杂志社的回信。我激动地拿着信封，想象着我的文字印在杂志上被人看到，还有可能获得的稿费，兴奋得简直要哭出来。然而当我拆开信封时，心却掉进了冰窖。杂志社回复说，他们认可我的文章，但我必须成为杂志社的会员才能发表文章。会员费是一笔高额费用，我负担不起，父母也不会支持。那时起，我开始把“写作先生”当作贵族，认为他高高在上、遥不可及。在我才华不足、金钱匮乏的时候，即使我倾尽满腔的热爱和真诚也接触不到他。

无法发表作品，我就努力在写作上取得好成绩。语文老师喜欢在作文本上画波浪线，以表示对某句话的赞美和欣赏，对我来说这是同高分作文一样的荣誉。为了追求这个波浪线，我摘抄了很多优美、充满智慧的句子。于是，在写关于“勤奋和努力”的作文时，“天才是1%的灵感加上99%的汗水”“天行健，君子以自强不息”成为我作文里的常客。在作文里，只要论点清晰，论据充分，慷慨激昂地赞美勤奋和努力，就可以拿到高分，但这些哲理大都停留在作文里。

“写作先生”也曾带给我苦涩的记忆。从开始写日记起，我就把他视为值得信赖的朋友，感受文字带给我的超越它本身的意义——理解、陪伴和接纳。我曾经在日记中记录过一件受了委屈的“大事”，没想到老师当着全班同学的面，点名批评了那位制造事端的同学，我瞬间感觉自己被日记出卖了。同学们认定我通过日记打小报告，之后很长的一段时间里，他们还会用“这事你不会写日记里吧”来捉弄和嘲笑我。我本想通过记录安慰自己，没想到被它反噬，久久不能自愈。

这些学习中遇到的困惑和痛苦，都被我藏在心里。我怕别人都能理解的东西，唯独我一头雾水地“愚蠢”着；我怕纠结这些小事会被认为“小气”。我本能地认为“愚蠢”“小气”等外在评价比“困惑”“痛苦”等内在感受更重要。真实表达可能会受伤，这是我从这次经历中总结的教训。为了保护自尊心不受伤，我只能用成绩来证明自己。

有人说，教育具有长期性和滞后性，知识能够帮助我们开启探索世界之路，但教育的真正使命只能在未来的实践中完成。多年后，在某个瞬间，我们恍然大悟，感同身受，至此，教育闭环才算完成。如果教育的规律本就如此，那么学校在播撒种子的时候，为孩子的疑问和好奇保留一些理解和宽容，会不会帮助他们走得更远?

所有学科中，我的历史成绩是最差的。我经常记住后面的就忘了前面的，想起中国的就忘了世界的，它们在我的脑海里是一盘散沙。历史是很多学科的综合，它要求我们用政治、经济、地理、哲学等多种角度去看待历史事件，这些能力是我短期内无法从历史课堂中练就的。因为历史在总分中的比例不高，在苦苦努力仍然无果后，我选择了顺其自然。

躲开拦路虎是我在学习和考试中总结出来的经验：尽量把时间花在擅长的科目和题目上，遇到难题先躲开。考试追求的是总分最大化，不能在乎一城一池的得失。后来，我把躲开拦路虎的习惯带到了工作和生活中：遇到棘手的人际关系，躲一躲；遇到难处理的工作问题，缓一缓；遇到难解的人生困惑，放一放。跟维持正常的生活相比，难题并没有那么紧急。就这样，我积攒了一堆的难题和困惑，不得不停下脚步寻找答案。

概括段落大意和提炼中心思想的人生难题并没有因为考试结束而消失，它一直伴随着我。段落大意是基于人生不同阶段不同经历的体验和感受，是生命的各种姿态；人生就像一篇课文，中心思想是每个人基于独立、自由意识的人生渴望，是真实自我的表现。只有不断地抽丝剥茧、去伪存真，才能透过生命的各种姿态，找到灵魂真正的渴望。这次，我要跨越人生经历带给我的情绪和认知的束缚，坚持那些看起来可能幼稚可笑的自我感受，不再把定义“人生意义”的权利交给外界和他人。

短期目标与长远发展并不矛盾，但我一直被灌输的是“一劳永逸”的思想——考上高中就好了，考上大学就好了，工作以后就好了……仿佛达成一个短期目标就可以解决所有人生问题。如果短期目标的影响被无限放大，我们需要警觉：它是否喧宾夺主，承载了不该有的人生期待。如果短期目标与长远发展相违背，要慎重对待，才能及时止损。

从短期看，我们要通过学习和考试实现人生的进阶发展；从长远看，求知是打破有限认知，实现幸福的重要途径。只有把学习当作兴趣爱好长久地沉浸其中，才能发掘事物的本质和规律，踏上幸福、自由的人生之路。

遵从内心的热爱

很多人认为，课堂所学的知识无法直接应用，步入社会后还得重新学习。学校不仅是获取知识的场所，更是塑造思维模式和培养行为习惯的场所。在学校，培养学习能力比积累知识更重要，培养专注力比完成任务更重要。如果为了升学而读书，那么现在的你可能很少通过涉猎“无用之书”来拓展认知；如果上课时经常心猿意马，难以专注，那么现在的你很可能急功近利，被社会裹挟，无法拥有独立的思想，安于当下。

在信息时代，很多工作可能将被人工智能替代。经验性知识越来越无法成为我们的核心竞争力，如何发挥人类独有的创造力以实现价值将成为每个人的课题。

兴趣是人类可贵的天赋，是创造力的源泉，只有在热爱的领域里集中精力，才能释放最大潜能，活出生命的快乐和精彩。请认真思考以下两个问题：

你做什么事情时能够全神贯注，完全沉浸其中，且能够为他人提供价值？

如果你有充足的财富和资源，会投身什么样的事业，并且愿意不惜代价，想尽一切办法做到完美和卓越？

学习本来是一件无比有趣的事情，我们总能从所学的知识中，发现自己很感兴趣的部分。但学校用成绩区分学生的做法，无法给予我们更深入的引导。强迫学习和按分数排名的方式很容易使人产生逆反心理，抑制求知的欲望。

小时候，我特别喜欢听大人聊天。我沉浸在各种故事和情绪中，好奇心得到极大满足。即使有些根本听不懂，我也能从他们的语气和表情中体会他们的情绪，然后不由自主地跟着一起笑，一起难过。

好奇和专注是生命给予我最宝贵的礼物，它们在我学习的过程中发挥了很大作用。回想自己在学校培养的最重要的能力和习惯，全神贯注听课排在第一位，刻苦练习排在第二，目标性学习反而排在最后。

美国心理教育学家詹里姆·布鲁诺经过研究发现，调动视觉、听觉、触觉等的多感官教学可以提高学习者的动机和兴趣，影响学习结果。上课前把心从操场上收回来，眼睛盯着老师和黑板，耳朵支棱起来，手要跟随老师的板书记笔记。好记性不如烂笔头，写一遍不仅能把听课过程中没听懂的知识及时地记下来，加深印象，还能防止走神。写字、点头等调动肢体的动作，也会促进大脑的思考，加强记忆。上课时要充分调动情绪，比如疑惑、惊讶、好奇、赞叹等，情绪对加深印象和促进大脑的思考有着重要且积极的作用，木头人似的听课状态是不利于提高学习效率的。

全神贯注地听课的前提是热爱，把上课当作思想的“舞会”，而非苦闷的说教。我会跟着老师的思维和节奏舞动，如果一不留神被绊住了，也能很快从恐慌中调整好节奏。我可以迅速停下来调整“鞋子”，也可以甩掉“鞋子”光着脚继续跳。这完全是自己的世界，一切由自己说了算。只要放下紧张与抗拒，让心智处于舒展、积极、愉悦的状态，就能沉浸其中，享受求知的美好。

很多家长经常一边对孩子说“学习是你自己的事情”，一边用自己的方法强迫他们。过多地干预孩子的学习，短期内孩子的成绩可能会提高，但从长期来看，孩子的自主意识可能会被剥夺，独立探索世界的能力也会被削弱，孩子会习惯性地被动接受。未来他们要花费更大的精力和代价建立自主意识和责任意识，克服困难，重新找回生命的热情。知识和成绩在学生时代固然重要，但知识不代表认知，孩子具备独立意识和独特价值在未来才更具有竞争力。

学习还有一个重要的秘诀就是勤奋努力。每当别人夸奖我聪明时，妈妈都会说，她不是个聪明的孩子，就会死记硬背。我对这句话记忆犹新，因为我对它深恶痛绝。我觉得妈妈否定了我的聪明，死记硬背像是一个傻瓜的无奈选择。我很想大声地和妈妈争论，但每次憋得胸口发胀、头脑发蒙，也想不出辩驳的理由。我确实不是天赋型选手，那些“看上去不怎么努力，也能轻松取得好成绩”的能力，我并不具备。如今明白了大脑的运作原理，我才与“死记硬背”这个词和解。“死记硬背”不是贬义词，只有经历“死记硬背”的刻意练习，才能加深对知识的理解，这是普通人实现自我提升的必经之路。

从学习数学的过程中更容易体会刻意练习的重要性。在数学课堂上，我们一般先学习公理或定理，再学习例题，最后做练习。只要掌握这个学习规律，通过对足够多的习题反复地刻意练习，就能熟能生巧，很快辨识出形式多变的习题对应哪个公理。逻辑严密，对错分明，毫无争议，这就是武无第二的数学的魅力。

但即使数学不难学也很难拿满分。乍一看题目，很简单，明明会做，却总是做错。这不是马虎造成的，而是养成了某种思维定式。拿小时候经常玩的游戏举例：先让别人说十遍“老鼠”，再让他说十遍“鼠老”，这时候他脑子里装的全是“老鼠”了，然后问他，猫最怕什么，他会毫不犹豫地回答“老鼠”。因为他根本没有认真听对方的问题，只听到了“猫”，就自然地把脑子里的“老鼠”与“猫”联系起来。犯同样错误的次数多了，它们就会不小心变成潜意识行为，形成刻板的思维定式。学习数学有个秘诀：整理错题本。整理错题本可以纠正潜意识的错误，反复纠错直到不再犯同样的错误。

数学公理就像人生的信念，它本身的正确是非常重要的。因为人生就是按照各自的信念不断实践，再用实践证明自己信念的过程。为什么几乎所有的人都会坚定地相信自己的观点？因为每个人在自己的世界里都是正确的，那是他们通过无数次实践得出的结论。

我们相信什么，就会花费大量的时间和精力追逐什么，信念和认知决定了人生的结果。当下回顾自我的过程，就是在整理错题本，找出那些使我们不幸福、不快乐的根源。

真正体会到学习压力的时间是在初中。学校每个月都会对考试成绩进行全校排名，这是比班级内排名更为严厉的衡量一个人的方式。我不仅能感受到来自身边同学的压力，也能感受到来自身边亲人的压力。当学校和家庭将分数和名次作为衡量学习成果的唯一标准时，我再也不能全然地体验学习的自由和快乐。

我从小就不喜欢定目标，每次需要家长在考试成绩单上签字时，我都会让爸爸写“下次继续努力”。“不断精进”就是我的目标，我希望自己可以做得更好。初三的时候，爸爸严肃地告诉我，我必须考上重点高中。只有考上重点高中，我才能考上好的大学，改变和他们一样在土地上辛苦劳作的命运。

考重点高中的目标一旦树立，生活确实简单了很多。不用做家务，所有的娱乐活动和课外阅读都取消，生活只剩下学习和考试。考试像金箍一样强加在我的头上，紧张、焦虑接踵而至。我经常会无端地发脾气，迁怒于无关的人。小时候，无论是在开着电视一堆人谈笑的客厅，还是在挨着大马路的室外蚊帐里，我都能香甜地安然入睡，怎么摆弄都不容易醒。初三以后，焦虑的状态让我只要有一点声音就睡不着觉。虽然家人已经把电视的声音调到最低，我还是被“嗡嗡”的声音搅得心烦意乱，很难入睡。自此，失眠开始与我相伴。

我如愿考上了重点高中。在“学好数理化，走遍天下都不怕”的社会舆论下，很多同学选择了理科。我的理科成绩比文科的好，学理是更明智的选择。但我没有和家长商量，毫不犹豫地选了文科。我喜欢文科带给我的喜悦和慰藉，尽管有很多未解的困惑，但是它们为我带来的是好奇，而非厌恶。最重要的是，文科的学习之路与未来的就业之路，都是我要独自面对的，没人能替代我去经历这一切，做决定的只能是我自己。

很多同学知道我选择文科后，表现出极大的惋惜之情，有些家长和爸爸聊天的时候表达了“理解”之情：女孩嘛，不选理科也正常。他们的言外之意是，文科是弱者的选择，是没有前途的，而女孩恰好是弱者，不需要那么好的前途。好在父母没有干涉我的选择，默默地给予了支持。

从书本中学习知识是求知的低阶之路，通过读万卷书完善认知基础，建立基本的人生观和价值观；在社会实践中积累经验是求知的中阶之路，通过行万里路提高解决问题的能力，实现人生价值；从自悟中求得智慧是求知的高阶之路，通过剥离一切主观的偏狭，发现事物的本质和规律，重新创造幸福快乐的人生。如果把人生的全部希望寄托于短短十几年的低阶求学之路，很容易陷入偏执和狭隘的痛苦与挣扎中。

如果在人生的重大选择上不能完全尊重自己的心意，被压抑的意愿会在人生的不同阶段跳出来抗议，甚至用极端的方式争取权利。很多人是在经历失业、重大疾病、婚姻破裂等人生痛苦后被迫走上自我改变的道路的，他们的“叛逆成长之路”代价更大，更艰难。所以，尽早遵从自己内心的意愿，选择热爱的事，才是对自己和他人最大的负责。

人工智能已经在很多领域具备了人类的知识和经验，虽然还不够完美，但它速度更快、储存能力更强，是未来发展的趋势。既然求知无涯，实践无边，我们不如早些放弃像机器人一样求知的方式，顺从内心，从浩瀚的知识中选择我们最感兴趣的领域深入学习，发挥人类区别于人工智能的独特创造力。

遵从兴趣爱好的发展不仅是超越人工智能的唯一途径，也是抵御世俗诱惑和痛苦的方式。当我们沉浸在热爱的事情中，乐此不疲地钻研时，才不会轻易被他人和环境影响。

用终身学习打破失败的魔咒

我曾经把高考当作改变命运的契机。然而，这个“一考定终身”的机制将我压在“五行山”下若干年。很多年后我才明白，真正禁锢我的是“一考定终身”的咒语，而非高考失利。

社会和学校把优异的成绩单和奖励送给我，我捡起这个潘多拉的魔盒，以为里面藏着关于这个世界的秘密和宝藏。当我满怀欣喜地打开它，焦虑、虚伪和嫉妒伪装成愿望和上进的形象进入我的世界：学习，从一件和自己有关的事情，变成你追我赶的竞技游戏；原本友善亲密的同学，变成时刻要比较和警惕的对象。后来，我带着潘多拉的盒子走上社会，焦虑、虚伪和嫉妒又伪装成成功和幸福的模样，我不知道该如何摆脱它们。

我就读的高中被誉为当地的“第二监狱”，作息管理相当严格。早上5:30起床，跑操、早自习、上午上课、下午上课，直到晚上21:50晚自习结束。印象中，除了一个月放两天假和每年的短暂的寒暑假，在校时间都是如此。每月一次考试，全校排名，张榜公布，我要鼓起巨大的勇气去面对起起伏伏的排名。社会、学校和家庭把高中看作人生中最重要的三年，能否“鲤鱼跳龙门”改变命运，就看这三年。这是当时公认的普通人改变命运的最佳方式。

我高中时的目标是考上理想的大学。对于这一点我非常有信心，因为学习是我的强项。万一考不上特别理想的大学，也坚决不复读。我一直以为“决不复读”是逼自己努力的宣言，后来我才真正理解，这是自己对“一考定终身”机制的无声反抗。

高中时期，是当时的我觉得离人生理想最近的时刻，我觉得自己很快就能摘掉考试的“金箍”，实现“自由”和“解放”了。我有太多的事情要去做：我要读很多书，看期待已久的电视剧、电影，感受精彩丰富的世界。我要选择一所适合的大学，以实现我的理想：毕业后我想当作家，写出很多优秀的作品；做律师也可以，帮助更多的人伸张正义；成为记者也挺好……凡是能自由思考、自由发声、自由创作的职业，都是我的理想职业。通过回顾，我终于看清自己的理想是基于自由意志的“自由”生活，而非某个特定的结果。它是如此的强大，不经心地指引着我走向未来人生的道路。

我用了三年的时间为高考做准备，夜以继日地学习，我的成绩终于超过了很多人。但真正踏上高考独木桥的那一刻我才发现，前行的道路如此狭窄，独木桥之外是万丈深渊，我必须非常精准地踏上去，否则就会跌落深渊。我学了那么多知识，唯独不知道如何在万米高空保持平常心。高考的前一天晚上，我被极度渴望自由和想释放巨大压力的念头撕扯着，几乎一夜未眠，“决不复读”成为压垮我的最后一根稻草。当我看到简单得如同课堂训练的数学题，有点惊讶和不敢相信，头脑却异常沉重，根本不听使唤。我完全失去了平时做题的敏捷、流畅和自信。考试还没结束，我就知道，我完了。

在作为人生重要转折点的高考中，我取得了高中阶段最差的成绩。老师和家长都被这个结果震惊了，别说理想中的名牌大学，连重点大学都无法企及。高考后，我要面临人生第一个最痛苦的选择——是否复读。

家长希望我复读，他们坚信，凭我的实力和水平，复读的结果肯定要好很多。如果只读一所普通大学，真的是太不甘心了。我隐约地感觉到，如果选择不复读，我失去的不仅是一个理想大学的梦想，更是亲人对我的信任、期望和爱。

我的第一反应是不复读。如果再经历一次失败，就彻底证明我是个失败者了。而且，我不想浪费人生宝贵的时间复习一遍已经学会的知识。学习的目的就只为考个好的大学吗？我第一次模模糊糊地对此产生了强烈的质疑。我要对这样粗暴的、一次定生死的考试机制进行抗议！

我和父母谈判的结果是以后大学毕业后继续考研，通过考研实现名牌大学的梦想。既然打算考研，就没必要再浪费一年时间复读了。于是，在家长的不甘和无奈中，在老师和同学的意外和不理解中，在我的痛苦和麻木中，我去了一所普通大学报到。

别人的大学之路是全新的、美好的生活，上课、读书、旅游、参加社团活动、谈恋爱、听名人讲座，丰富多彩。我的大学之路是卧薪尝胆，背负着巨大的耻辱和不甘，画地为牢。我把本该在高中承受的痛苦和压抑带到了大学，时限增加到四年。我从大一就开始关注考研信息，参加各类考研培训班的公开课。我在大学期间基本告别了阅读，因为它不能给我增加分数。除了考研，没有其他事情能让我快乐起来，陪伴我的只有悲伤的心情、枯燥的刷题和偶尔沉溺于游戏的麻痹。

大学四年，我变得不再像以前那样开朗和乐观，心情像压了石头一样沉重，像喉咙卡了刺一样疼痛。苦楚无人诉说，别人也不会真正理解，说多了反而像祥林嫂一样遭人厌恶和嘲笑。我写过不少无病呻吟的文字，“写作先生”一直陪伴着我。没有了作文考试的压力，也就没有了束缚。他不再是执教鞭的老先生，而是温柔的伙伴，耐心地听我歇斯底里、敞开心扉地哭泣。我哀号为什么命运对我如此不公，感叹为什么痛苦总是难以消散。“写作先生”懂我全部的遗憾和痛苦，以及那些没什么力量的自我鼓励和安慰。诸如：

长大真让人烦恼。我的童话世界消失得太快了，我不能总活在庇护和幻想里面，我有责任去学着承担以前觉得很遥远的东西。

不知道自己的美好明天在哪里，但知道每个人成功之前都有一段痛苦、充满压力的阶段，没有赞美和快乐，我能做的只有坚持。

除了用成功证明自己，我别无选择。

尽管学的是经济管理类专业，但因为刻意封闭自己，我对社会信息关注得很少。我认为关注那些对考研无用的事情，都是浪费时间。工作多年后，我读到《战略与路径》一书，又一次看到名牌大学和普通大学的区别：名牌大学的学生在高人的指点下研究如何实现国家发展战略的时候，普通大学的学生躲在教室的一角读小说、趴在桌子上睡觉，有些甚至在宿舍里睡觉。原来，拉开人与人差距的不光是平台，还有远大的理想和坚持不懈的努力。我错过的不是名牌大学的光环，而是追逐更远大人生理想的机会。

如果当时有人告诉我名牌大学对于开阔人生思路和塑造价值观有重大影响，我可能会做出不一样的选择。当读到《清华大学荐读书目》时，我被那些集人类智慧结晶的传世书籍震撼了。原来，拉开人与人差距的不只是学历，还有那些对人类产生深远影响的智慧。我与那些智慧相识的时间，比别人晚了很多年。如果有遗憾，这应该是我最大的遗憾了。

我偶尔也在逃课大军之列，因为实在无法从不喜欢的课程中看到生活的希望。我一心只想逃离这里，洗刷“耻辱”。时间于我而言过得太慢了，我不希望它多精彩、多丰富，只希望它快一些。

大学四年漫长又飞快，我迎来了人生又一次重要的考试——研究生考试。又是同样的失眠，没发挥出最佳状态，只比报考学校的初试线高一点，复试希望不大，最后调剂到一所普通大学，而且换了专业。

我把考研当成第二次改变命运的机会，希望用考研的胜利治愈高考的重创，结果雪上加霜，我更加沉沦。身体对高考失利的痛感像一头猛兽，比上一次更加猛烈地折磨着我。考试又频繁出现在我的梦境中，在梦里我坐在书桌前听课、做题、参加月考，幻想着考取理想的大学，结果又以其他的方式失利。我绝望地撕书、摔东西，想哭天喊地却发不出一点声音。然后，我醒了，泪水打湿了枕头。当我发现残酷的梦境都已经变成了现实，我更加绝望。从此，考试成了噩梦的源泉，纠缠着我，使我不得安生。

在校读书的这些年，我经常生病，感冒片、消炎药、胃药是日常必备品，中考、高考和考研，我各大病了一场。手艺不熟的大夫拿着输液针在肉里挑拨着找血管，让我体会到剜肉扎心般的疼痛。我也感受过在半麻醉的状态下，肚皮被割开，肠子被扯出来再被塞进去，肚皮被扯着一针针缝合起来的全过程。麻醉药的药效过后，我疼得大气都不敢喘一下，默默地忍受着。我一直以为自己生病是免疫力差、身体弱，或者某种神秘的力量，让我每隔三四年就大病一场。如今回忆起来才明白，这些病痛都是紧张、焦虑、压抑的情绪所致，身体做不到对不良情绪默默忍受，它一直都在发出抗议。

木桶理论告诉我们人应该全面发展，桶底代表心理素质，桶壁板材质代表身体素质，桶壁板高代表能力，桶壁箍代表文化知识，木桶的提手代表品德。心理素质不足则一切将会归零，身体素质不过硬则一切无从谈起，能力不足则无法产生更大价值，没有文化知识做支撑，能力后劲不足，人品不佳时水桶装再满也没有人愿意去提。要想获得成功和幸福，木桶中的任何一部分都缺一不可。

木桶中的长板是我们的优势和才华，助我们实现天赋使命。木桶中的短板是我们的不足和弱点，代表着我们该补足的功课。如果没有在热爱和擅长的事情上取得理想的结果，说明我们还存在欠缺，这就是提升自我的最好机会。我很幸运地拥有了学习的兴趣，掌握了学习的技能和方法，但经历失败后才明白，健康的体魄和强大的心理素质才是我必须跨越的人生功课。

对理想和自由的渴望支撑我在经历了很多失败和痛苦之后，依然对人生抱有美好的期待。当我借助写作找回生命的自由和美好时，我逐渐摆脱了人生短板带来的痛苦和束缚。与其说理想可以成就我们，不如说理想可以救赎我们，这就是为什么我们要义无反顾地踏上自我探索之路的原因。

第二章

在职场与情场烙下情绪和认知的印记

读万卷书，行万里路。社会是另一所学校，我们在实践中不断更新着认知。当现实与理想产生冲突时，是听从内心的声音迎难而上，还是在现实中委曲求全呢？人生的每一个选择，都隐藏着我们深层次的情绪和认知，我们要在回顾中不断挖掘，找到它们。

选择一份喜欢的工作

阅读本节前，先思考两个问题：

你做过的工作中，哪些是自己非常喜欢的？

在你喜欢的工作中，你取得了哪些有创意的、令自己满意的成就？

找自己喜欢和擅长的事情，是实现生命价值的最佳途径。是对生命的热爱而非对名利和物质的渴望支撑着我们逆流而上、选择人生理想。赛道上最顶尖的人凭借的是天赋、热情和不输于任何人的努力。如果我们在不喜欢的工作岗位上随波逐流，很快就会被追赶甚至淘汰，然后不得不付出更大的代价更换赛道。

面临人生重大选择时，我做决策的方式都是听从内心的声音。因为我深知自己有与生俱来的叛逆，任何人都无法强迫我做不喜欢的事情，包括我自己，所以只能顺从内心的感受。

我研究生学的专业是人力资源管理，大多数同学选择进入企事业单位从事人力资源管理的相关工作。然而，我对于这些大众意义上适合女生的稳定工作就是爱不起来，总感觉稳定的工作像猪八戒身上的珍珠汗衫，表面上无比光鲜，一旦贪恋，就会将我勒到窒息。

因为研究生期间和导师做过管理咨询项目，我对管理咨询职业抱有莫名的热情。尽管咨询公司明确要求只招985、211学校的学生，我还是抱着试试看的心态投了几家知名咨询公司。经过多次面试，我终于认清了现实，我应该进不了知名咨询公司。

离毕业越来越近，我开始考虑向现实妥协。不久，我找到一份外企管培生的工作，待遇很好，只是我一点也不开心，心情很沉重。我担心这份工作会成为我屈从现实的诱饵，让我再也没有勇气和动力寻找喜欢的工作。我纠结再三，最后还是放弃了。

临近毕业，同学们大都确定好了工作。到了学校最终催促办理离校手续的日子，我还在奔波面试，有种陷入绝境的无力感和对未来的恐惧。但我没有放弃对理想职业的渴望和寻找。最终，我在朋友的推荐下进入了一家咨询公司。当时的我并没有进行理性分析，比如管理咨询行业的收入是否更高，入职的企业是否有发展前景，我只是单纯地因为喜欢便做出决定。接受挑战，做难而正确的事，是我一直以来希望自己应对生活的态度和实现自我价值的方式。这份工作太适合我了！

管理咨询行业的流动性很大，我之所以能够在这个行业坚持下去，首先是因为喜欢，其次是因为我的一些特质恰好与这份工作相匹配。我总结了一下，主要是四个方面：学习能力、沟通能力、逻辑思维能力、勤奋吃苦的品德。

尽管在大考中总是失败，但我从来没有怀疑过自己的学习能力。工作中的学习和在校学习的不同之处在于，工作中学习的目的、内容、渠道、方法都需要独立构建，没人有责任督促，也没人有义务指导，完全自主。咨询顾问需要在短时间内阅读大量的资料，构建自己的知识体系，形成对行业和企业的基本判断。检验学习成果的方式是不固定的“考试”，在和同事的方案讨论中，在和客户的随机聊天中，在每一次的方案汇报中。我不再惧怕这样的考试，因为我只要准备充分，就能够出色地发挥。

沟通能力的含义比较宽泛，这里暂且讨论“沟通”中一个重要的方面——倾听能力。咨询公司对倾听能力的分级是这样的：一级，对语言的初步理解；二级，对情感的基本识别；三级，对意义的深入理解；四级，对背景的综合理解。

一、二级的沟通能力是我先天的优势，我的理解能力和共情能力很强，能从别人的言语、语气和肢体动作中判断他的情绪，揣度他的言外之意。但即使拥有先天优势，也需要后天刻意地练习，才能不断提升。从事咨询工作的前几年，我坚持原文记录被访谈者说的每一句话。一方面是记录能够加深对信息的记忆和理解，另一方面是会无意识地思考他的意图、立场等，锻炼对意义深入理解的能力。人是环境的产物，企业也同样，只有了解它所处的环境和所经历的过去，才能更好地理解它。咨询顾问需要积累大量行业和企业经验，才能初步具备对背景的综合理解能力。

之所以要阐释不同层级“倾听能力”的差异，是因为高阶能力不仅需要天赋，还需要勤奋刻苦地练习和实践才能达成。“天才是1%的灵感加上99%的汗水”，勤奋练习是成就天才的必经之路。

我的逻辑思维能力是最差的，带给我的磨难和痛苦最多。咨询方案一般遵循金字塔式逻辑，塔尖是中心思想和结论，用层层递进的子推论做支撑，构成金字塔形状。我的优点是直觉判断能力强，缺点是逻辑性差。我的工作习惯是，先阅读大量的材料，凭直觉得出金字塔塔尖的结论，再整理金字塔每层的观点。我的一个同事的习惯是从金字塔底座开始往上推导，直到得出塔尖的结论。他觉得我直接下结论的方式草率又鲁莽，我觉得他推导的过程愚蠢又笨拙，即使能够得出同样的结论，我们也会在内心不认可对方的工作思路。当得出不同的结论时，我们就会进行激烈的观点碰撞，彼此难以说服对方。

金字塔式逻辑还给我带来了一个困惑，即人们接受不了结构的不完美，所以硬凑的完美远比残缺的真实重要得多，这让我的内心十分纠结。我只能呈现给别人他期望了解的信息，无法呈现那些不支持整体观点但也很重要的信息。从履约的角度来说，这样做没有问题，但从整体看，可能会漏掉企业经营中更重要的问题。

举个例子。有一次我病得很严重，发烧、肚子疼、恶心呕吐，父母带我去了肠胃科。医生很快诊断出是胃炎，开了药。我吃了两天药，病情反而更严重了，我们不得不去更大的综合医院，诊断出的结果是阑尾炎，需要马上手术。专科医生有自己的优势，比如接待同样类型的病例多，经验丰富，但他们的局限性也很明显，可能无法从整体诊断，以致耽误病情。

入行三年的我只能算是咨询行业的“实习医生”，离“专科医生”和“全科医生”还有很大差距。当时的我没有认识到是自身能力不足，导致无法从更广阔的视角为客户提供切合实际的解决方案，只是对“金字塔式逻辑”这种“去伪存真”、追求完美的方式保持质疑。人们为什么不能接受两种矛盾事物同时存在呢？是证明自己的观点重要，还是展示事情的真相更重要呢？或者有没有更智慧的解决方式？

勤奋吃苦，在我看来是如人饮水，冷暖自知。尽管对管理咨询工作的压力有一定的心理预期，但这份工作的辛苦仍远远超出我的想象：四处奔波，吃饭不规律，加班和熬夜是家常便饭。因为热爱咨询工作，我并不觉得自己在吃苦。遇到难题时，我就去书海挣扎，去冥思苦想，从黑暗、困顿中渐渐理出思路。我拼命抓住每一线光亮，不断奋力向上攀爬。脑海中的图景一点点清晰，待我艰难地爬到洞口，一幅完整的图画突然呈现。我忽地爬起来，将这幅画面记录下来。这种从黑暗摸索到光明的过程，像走迷宫一样，只要不放弃探索，总有成功的那一刻。当团队成员经过夜以继日的辛勤付出，顺利地交付成果时，我们欢呼雀跃，举杯相庆。天道酬勤是对普通人最大的奖励，我为能够从事这样一份职业而自豪。

咨询路上经常会遇到一些高人，他们仍在努力提升和精进。有一位老师是科班出身，他每年的书籍阅读量达上百本，而且大都是比较难读的理论类书籍，还有人工智能、大数据等专业技术类书籍。虽然他已经成为行业内的知名专家，但六十多岁的他仍然活跃在一线，一周跑四五个城市，讲课、写方案、高管辅导，样样不落。

还有一位老师非科班出身，但他有着独特而敏锐的理解力，对市场和客户的需求把握得非常精准。他的咨询方案真诚且重点突出，不刻意使用专业术语和逻辑雕刻，即使客户不具备专业知识也很容易理解。后来他去甲方做了高管，将管理思路落实到实践中，取得了突出的成就。

从他们身上，我看到了自己咨询职业的未来：大量阅读，大量实践，不断提升能力以服务好每一位客户。然而每次想到他们，我除了羡慕，还有一些自卑和畏惧。和他们相比，我的学历还需要提升，逻辑思维能力差、阅读量不够、思维不够敏捷……我似乎怎么努力也无法达到他们的高度。

很多人对管理咨询不太熟悉，我只能大概解释为企业的“医生”。有人质疑说，咨询公司的方案好像也没什么用，很难落地。我无奈地说：药方是指导买药治病的，天天拿着看，肯定没什么用。还有人说，咨询公司也是“头上长疮，脚下流脓”，自己的问题都解决不了，能给别人看好病吗？我想，这可能就是“医者不自医”吧。

听到的质疑声多了，我对职业价值也产生了怀疑，对我影响最大的是一个夭折的咨询项目。客户是一位志向远大的实业家，他的目标是将企业做到全国第一、全球第一。项目组初到企业，都被这样远大的目标激励到了，希望自己能服务好这样一家有理想的企业。我们在调研时发现企业存在很多问题：老板一言堂，管理层不敢担责，工作流程慢，员工“磨洋工”，等等。更重要的是，公司规划的几个相关的多元化业务，尽管有战略布局的价值，但不具备相应的优势和资源。当我们的调研结果将这些细节一一呈现时，客户突然雷霆大发：“我请咨询公司的目的是实现企业的发展目标，不是来听这些鸡毛蒜皮的小事的！”尽管我们解释了项目的工作流程，他还是扔下几句话气呼呼地走了：“我们公司位于内陆城市，人才资源远不如一线及沿海城市，你们有时间诊断这些（小事），还不如帮我挖几个人呢！”经过沟通，我们发现客户的期望远远超过合同原定的内容，项目组经过商议，决定放弃这个客户。

我非常失落，给一位从医的同学打了电话，想告诉她这是我工作以来首个夭折的项目。没等我开口，就听到了她的哭声。她告诉我今天查房时送走了一位病人，心情非常不好：“为什么学医这么多年，工作这么久，还是没办法救活一个人？”她不知道自己努力的价值何在。我静静地听着，像照镜子一样。她的病人是人，我的“病人”是企业。虽然我面对的不是生死问题，但也事关企业的发展大计，同样如履薄冰。尽管我们都那么努力，还是无法实现愿望。

高负荷的工作，加上长期失眠和过度思虑，我经常感觉不适，浑身无力、头晕眼花。妈妈带我去看中医，医生严厉警告我：“你的血压太低了，气血严重不足，再这样熬下去，身体很快就垮了，没有了健康还怎么工作？”

通过反思，我逐渐看清自己的择业观。当初选择管理咨询是因为它“难而正确”“看起来很厉害”，这是证明自己更好的方式。可我为什么要证明自己呢？因为对自己的过去不满。管理咨询能够促使我不断学习和进步，成为一个优秀的人。而当浩瀚无边的管理知识摆在眼前，我开始望而生畏。我还要心甘情愿地用一生的勤奋努力来证明自己优秀吗？答案是“不确定”。我并不热爱知识，我热爱的只是求知的美好和自我价值的实现。

求知无法证明自己，所学的知识能否创造价值成为新的执念。我迫切地想知道：管理知识和方案在企业为什么很难落地？我所追求的理想和实践之间的差距有多大？我决定辞职，转行去甲方，由此及彼，亲身体验管理在企业中的价值。

从乙方到甲方，从知到行

我们总是被过去的经历定义，不得不在原有的专业、经验上做选择。管理学中有一个词叫“第二曲线”，就是说我们要为自己的发展开创另外一条发展道路，从零开始积累和创新，帮助我们打破现实的困境。无论是企业还是个人，都是如此。虽然我们很难一开始就找到人生理想，但是可以通过不断地尝试，向它靠近。

根据过往的工作经历，能够为我提供工作机会的大都是咨询公司，很少有甲方愿意招聘没有甲方工作经验的人。我不得不重回原点，穿着磨脚的高跟鞋，顶着炎炎烈日，奔赴愿意给我面试机会的公司，然后一次次无功而返。吸引力法则是神奇的，当我把去甲方当成坚定的目标时，幸运之神随之降临。一位合伙人找我做咨询项目，我最终顺利地在所服务的甲方公司实现了从咨询顾问到员工的身份转换。

管理咨询是舶来品，我所接受的管理理念大都来自西方，如泰勒、德鲁克、波特、明茨伯格等人的管理理念……西方的管理理论越来越细致，视角越来越独特，工具也越来越丰富。企业在引进和使用管理理论和工具时，看重的是效率和效益提升，很少关注理论、工具背后的假设及价值导向，而这些恰恰是企业经营最重要的底层逻辑。

理论和工具是“法”和“术”，企业的使命和方向是“道”。有道无术，术尚可求；有术无道，止于术。企业只有解决自身“道”的问题，才能在“法”和“术”的层面信手拈来，坚定而快速地做出决策。如果一味追求新颖的管理思想，把管理工具当作灵丹妙药，容易把企业带入混乱和困难的境地，迷失方向。

随着对这家企业的深入了解，我终于理解为什么咨询方案在企业难以落地。咨询项目一般只有六个月左右的时间，而企业大都有十年以上的历史，企业的“神经系统”错综复杂，牵一发而动全身，企图用一套方案解决全部问题无异于痴人说梦。随着深入地了解企业，我甚至认为企业现行的很多机制和方案非常符合企业的实际需要，甚至超过了咨询公司提供的方案。

为筹集发展资金，激发员工动力，企业成立之初就设立了股权制度。几乎所有的员工都能享受不同类型的股权分配方案。企业借此获得了发展的资源和机会，不断扩大规模，实现业绩快速增长。员工收获了丰厚的分红回报，干得更加起劲。

企业也非常重视文化建设，将物质激励和荣誉奖励做到了极致，将艰苦奋斗和快乐生活完美结合，造就了一批坚韧、质朴、积极、热情的员工。

企业和员工之间既有利益捆绑，也有感情维系；员工之间相互熟知和了解，配合默契。人情原乡就这么形成了。从制度化和标准化的角度来看，这家企业简直像一个异类，因为它处处体现着活力而非标准，处处体现着自觉而非要求。企业凭着巨大的动能和势能做到了行业第一。

这家企业的管理风格极具个性化。干部的股权和薪酬绩效方案基于整体设计，又因地因人做了细微调整，基本一人一个样。每年定方案的时候，都会具体到每个人，合适的就继续用着，不合适的就调整一下。从事管理咨询工作的最初，我一直被灌输的是标准和统一的管理思想，没有规矩不成方圆，对于这种通过谈判和博弈达成协议的方式，简直不能接受。员工是如何从不确定的规则中获得信任的呢？用囚徒困境的模型来理解，企业和高管通过多次博弈，建立了信任关系，理智地选择了合作，最终实现双方利益的最大化。

直到看到稻盛和夫的经营哲学和理念，我才对所在企业之所以能够取得成功有了更深的理解。稻盛和夫曾经提出一个方程式：

人生·工作的结果=思维方式×热情×能力

思维方式是指信念、价值偏好和认知等，热情是指努力的意愿和渴望成功的激情，能力是指依靠智力等先天资质获得的经验、知识、技能。最大限度地调动工作热情，充分发挥个体潜能，不断突破思维方式，既是个体的成功秘诀，也是企业的成功秘诀。然而在急功近利的时代环境下，很少有人有勇气和智慧选择这样一条少有人走的路。

企业的发展和个人的成长非常相似，每个阶段都有要跨越的困难。人幼年时免疫力低、爱生病，如同初创企业时的跌跌撞撞，不需要太多规则，活下来就好；人青年时冲动、爱张扬、四处闯荡，如同拓展期的企业冒险精神十足；人壮年时沉稳踏实，如同稳定期的企业，扎扎实实做精益管理；人暮年时谨小慎微，如同衰退期的企业决策及保守僵化的制度。企业和人都需要突破成长中的困境才能发展壮大。如果不努力提升自我，哪怕历经十几年，企业也依然只是一个弱不禁风的“幼儿”，没有突出重围和跨越发展的能力。

管理咨询在企业成长发展的道路上起着规划、引导、鼓励、推动等多重作用。企业真实的管理情境纷繁复杂且不断变化，需要不断权衡利弊得失，做出暂时或长远的有利于企业发展的决策。咨询方案和企业决策之间，隔着从理论到实践的距离。好比医生建议病人不要抽烟喝酒，但有些病人却无法做到。企业只有因地因时制宜，朝着正确的方向，才能找到适合自己的最佳增长路径。

随着市场竞争的加剧，企业为寻求创新发展，开始布局第二曲线的新业务。转型是企业发展中更艰难的事情，因为要找对方向，要培养能力，还要持之以恒地坚持。沿着旧地图找不到新世界，企业只有通过新思路、新方法才能实现新业务的突破发展。于是，我根据企业的发展需要重新调整工作思路。

虽然在别人看来我很忙碌，但甲方的工作节奏已经比咨询工作慢了很多，只是我自己不敢松懈，还是保持着争分夺秒的状态。即使不工作，我也要看书、思考，希望进步得更快一点。领导见我参加团建活动不积极，总是心事重重的样子，劝我要打开自己，这样才能更好地工作。我苦笑了一下，没人理解我所背负的高考带来的耻辱感，还有心中关于“人生意义”的那个巨大的谜团。只有当这一切云开雾散的时候，我才能真正释怀，当下任何形式的狂欢都只是暂时的麻痹而已。

没想到我的勤奋不小心打破了原有的工作节奏，变成不和谐的“错误”，同事们不理解我为什么要付出与报酬不对等的努力。我只顾沉浸在自己的困惑中摸索，没注意到给周围人带来的影响，直到一位同事善意提醒才如梦初醒，我开始不在公司加班。工作之余，我渐渐地平和了一点，显然以我目前的知识和能力远远不够支撑我去实现目标，与其以卵击石地对抗，不如私下努力，提升自己。

第二年，我已经没有了初入甲方的紧张和压力，开始尝试参加团建活动，也能玩得比较开心。我阅读的书籍也从严肃的工具类转向轻松的文学类。我开始种植花卉，还养了一只小狗，偶尔安排远途或近郊的旅行，生活越来越丰富。稳定幸福的生活是多么诱人啊，能让人卸下盔甲，享受沐浴在阳光中的美好和舒适。我经常会忘记那个远大的目标，它快消失得无影无踪了。此刻，唯有安逸和幸福是真实的。

第三年，基本重复上一年的工作，我开始恐惧和厌倦了。恐惧的是，这样的日子太舒服了，像温水煮青蛙，我担心自己很快就没有迎难而上的斗志了。厌倦的是，那些重复的工作，我已经得心应手，毫无挑战。我似乎看到自己未来的生活，像坐牢一样，没有自由。如果我立志要做一个专家型的咨询顾问，或者成为一个很厉害的人，现状可能使我毫无长进。我在这个公司的目标只能是某个职位，而后是日复一日重复工作。我感觉自己快要被这张网束缚住了，随着时间的流逝，越来越紧。我先是无力挣脱，接下来无法喘息，最后窒息而死。我犹豫再三，提出辞职，拒绝了领导的挽留，执意要走。

离职的时候，我从身上撕下那张已经长进身体里的网，伤筋动骨般疼痛。我对领导不舍，对同事不舍，对舒适、稳定的生活不舍。这三年仿佛一个梦，我很珍惜，又不得不醒来。因为我知道，我不能活在这个梦里。

理想和现实的差距如此之大，它们之间像横着一条鸿沟，我不知该如何继续前行。“知”和“行”的距离到底有多大？管理学家明茨伯格形容自己走在一条山脊上，左边是管理实践的悬崖，右边是管理理论的深渊，稍不小心，就会掉下去。

当我扪心自问，是否愿意用一生的时间去从实践中探索企业发展的规律、总结企业管理经验？答案是否定的。我更感兴趣的是普遍规律，而非个体特色。“管理是实践”的理念并不适合我，它只会让我陷入与琐碎事情的纠缠中，远离管理的本质和规律。

爱情里的囚徒困境

爱情就像理想，不经意地在我们心里撒下种子，悄悄地生根发芽。它带我们领略世间的美景，牵着我们飘向无边无际的远方。我们沉浸其中，以为一切尽在掌握，但只要对方轻轻拽一下手中的线，我们就会坠入痛苦的深渊。

每个人都或多或少地存在情感的缺失，当我们因为缺乏爱而向外索取的时候，就像不会发光的月亮反射太阳的光，总是缺乏温度。爱情观里藏着我们的生命密码，请问自己两个问题：

你希望恋人必须具备哪些条件？

你曾经因为哪些原因主动和对方分手？

爱情造成的内心的缺口和伤口，启示着自我需要提升的方向。我们要警惕由爱情观形成的执念，在情感关系中伤人伤己，影响我们与他人建立深度、健康的亲密关系。我们要通过修行不断弥补自身的缺憾和伤痛，才能避免再次被它们吞噬和伤害。

好看的皮囊千篇一律，有趣的灵魂万里挑一。无论是恋人还是朋友，我都希望身边陪伴的人是温暖的、有趣的。乍见之欢，久处不厌，如春风，似甘泉，亦师，亦友。我有幸在工作中收获真挚的爱情，也不幸尝到失恋的痛楚。

咨询事业是最容易拉近人和人之间距离的，从当初的陌生拘谨，到面对面工作，一起通宵加班，还有偶尔K歌、撸串、喝酒、侃大山，最后每天一日三餐地陪伴。如果说这种熟知只是限于生活和工作，那么一起奋战的齐心协力则将同事情谊升华为战友情谊，从形影不离到惺惺相惜。

他是个细心、体贴的人，什么事情都会安排得很妥当，不像我经常丢三落四、毛手毛脚的。我能感觉到他对我的特别，只是因为担心同事间尴尬，我一直在逃避。他很懂女生的心思，哄人的话张口就来，看起来不够真诚，大脑时刻在提醒我防范情场老手。但他博学多闻、幽默活泼、洒脱不羁，对生活充满热爱，我对他产生了强烈的兴趣。很多公司都不鼓励同事间恋爱，我也尽量压抑着自己，对他的殷勤装作若无其事。

没有人证明过同行是否适合做情侣。遇到他以后，我经常忍不住思考这个问题。我决定用SWOT分析法帮助自己进行判断。

优势（Strengths）：朝夕相处促进感情升温、相互支持、共同进步。

劣势（Weaknesses）：天天见面导致审美疲劳，双方暗暗较劲，谁也不服谁，不情不愿地义务帮忙。

机会（Opportunities）：近水楼台先得月。

风险（Threats）：向阳花木易为他人春。

综上，同行因为经常在一起工作，生活中相互照顾，能够共同成长和进步，很容易日久生情，把依赖当爱情，以为找到了生命中不可或缺的另一半。但也因为天天在一起，很快就没有了新鲜感和神秘感，把对方的帮忙视作理所当然。对方比你成长得慢，你怀疑他的智商；对方比你成长得快，你担心他始乱终弃，忙活半天只是为他人作嫁衣裳。因此，我得出结论：最好不要找同行。

然而，感情越压抑，越不可遏制。我隐隐担心爱情这颗炸弹不知道什么时候会引爆，炸得我粉身碎骨、体无完肤。他似乎没察觉到我的异常，男人的理智使他既可以从容地应对工作，也可以随时深情地开玩笑。而我已经像坠入大海胸闷慌乱、失去重心，熟悉的工作也变得力不从心。我期盼项目早点结束，给自己一些喘息的时间和空间。知道“暴风雨”一定会到来，但我希望它来得晚一点，让我平息下心中的恐慌，待我鼓足勇气面对。

我终于在慌乱和压抑中缴械投降了，也许是他锲而不舍的努力起了作用，也许是我在纠结时做足了充分的心理准备。不管结果如何，我决定勇往直前地好好爱一场。毕竟人生苦短，为什么非要和自己过不去呢？

自从我们在一起，他积极地从朋友间的殷勤照顾转变为餐桌礼仪的教导者，教给我如何敬酒，如何夹菜。我故意不听他的指挥，我行我素，却暗自记下他说的每个细节。寒暄、客套是我最不擅长的，我讨厌这些在我看来有些虚伪的繁文缛节，所以一直没有什么进步。他总会提醒我哪里做得不太妥当。被他教育是一件极不开心的事，我经常会不耐烦地回应他：“哎呀，知道了，真烦。”

我们的工作和生活无法分开，讨论问题的时候，嘴角会不自觉地流出笑意，甜蜜拥抱的时候也会有工作的烦恼萦绕。我有时会想到底是什么拉近了我们的距离，欣赏，惺惺相惜，还是同仇敌忾？我们是在谈恋爱，还是互相取暖而已？想太多的时候，我会反过来劝慰自己：既然付出了真情，得到了暂时的真意，是不是就该知足了？

他说："我会在每个当下好好爱你。"

我问："为什么不是永远？"

他说："永远不是承诺，只是一个虚幻的谎言，我能保证的只有现在。"

我说："那你对我撒个谎吧，就说会永远爱我。"

他说："我不想骗你。"

我的心开始隐痛，仿佛已经看到他的未来生活规划中根本没有我。辗转反侧，我决定理性地分析该如何应对。

我曾参照"囚徒困境模型表"，想弄清楚恋爱双方各自的决定如何影响最终的结局。

我在不知道对方如何选择的情况下，如果选择爱对方，可能收获爱情或面临最大的损失；如果我选择离开，那么另一方则会遭受较大损失；如果双方都选择离开，那么双方也都会遭受最大损失，无一幸免。从理智的角度看，只有同时选择爱对方，才是最好的结局，只要任何一方先离开，另外一方都会损失惨重。现实中之所以有那么多爱情悲剧，是因为人们容易从利己的角度选择首先离开，以获得掌握主动权的最大利益。

只要无法摆脱"离开—受伤"的权衡与算计，就要体会患得患失，遭受情感的伤害。当我开始理性分析时，就已经在与欲望的魔鬼共舞，陷入囚徒困境了。

我断定他已经开始做选择了，他一定会是先离开的那个人。为了拯救即将跌入深渊的自己，我开始建立防御机制，随时准备离开。既然无法“同甘”，那就一起“共苦”吧。

与坚定的职业信念相比，坚定的感情似乎更难维系。因为前者取决于自己，后者要依靠两个人的努力。

我又一次失恋了。我总是这样，一恋爱就变傻，沉浸在虚幻的想象中享受着爱情的美好。但总有一些声音提醒我，那只是梦。我开始恐慌，害怕被抛弃，害怕受伤。当“爱是虚幻的”这种想法一次次在现实中验证，它就会越来越清晰，越来越强大，把我逼迫到无处可躲的境地，不得不面对“爱只是暂时的”这个现实。于是，为了拯救自己，我一次次地选择逃跑。

回忆自己的感情经历，可能从一开始，我就是不安的，我恐惧无疾而终的爱情。他只是陪我按照“爱情都会无疾而终”这个想法在现实中走过一遭。他没有按照我的期望给我想要的承诺，这加速了我逃离的步伐。我固执地要在别人身上得到幸福和承诺，期望通过别人来弥补内心的不安和缺憾。这也许就是错误的根源吧。

如何才能抵达爱情的终点，不再漂泊呢？

和“写作先生”在一起后，我开始在爱的道路上觉醒，走上一条自我救赎之路。

《我和你》中描述了这样一种关系：“我”与“你”之间没有企图，没有求索，也没有预期。一切中介物都是阻碍，只有当所有中介物都分崩离析之后，相遇才会发生。只有这种深度一对一的关系，才能帮助人们挣脱和超越现实。唯有这样的“我”和“你”才能够相互疗愈，相互教化，相互救赎。

原来，是我在“我”和“你”的亲密关系之间创造了一个不负责任的“他”，阻断了“我”和“你”之间真实的情感流动，使得一段本该真诚的关系走向瓦解。我理智中的“他”、想象中的“他”、想要逃离的“他”，本来和“你”无关。

爱情体验是童年情感的延续，帮助我们看见来自原生家庭更深层的伤痛和恐惧。我的渴望里藏着自我压抑。我喜欢社交能力强、自信大方的人，这是自卑的我所不具备的。我的厌恶里藏着恐惧和伤痛。盐伤害不了我们，除非我们自己身上有伤口。原来，是童年无数次“再不听话就不要你了”“把你送给某某”的恐吓让我极度没有安全感。虽然糟糕的事并没有发生，但我会在此时此刻观察和警觉，生怕他们趁我不注意时将我遗弃，被遗弃的伤痛和恐惧在一次次的确认中加强。

我们要不断看见并治愈内心的伤痛，填补内心的缺失，而不是从他人身上获取自己所缺失和压抑的部分。爱总是流向不缺爱的人，只有内心富足、充满无限的爱时，才能自信、勇敢、大胆地追求爱，不计得失、大方地付出爱，收获最幸福的爱情体验。

第三章

重塑生命观

认知和情绪往往相辅相成，认知偏差会导致情绪的产生，带有情绪的认知会偏离实际。让我们怀着平静、清净与敬畏之心，探索生命的奥秘，重塑对生命的认知。

我们是被宇宙爱着的孩子

辞职后，我由不停旋转的陀螺变成一叶浮萍。我任性地拒绝着一切和内心感受不符的事物，生活中的声音离我的感知越来越远。我在彷徨的散步中感受着这个世界的无意义，时间像细沙一样流淌着，白天黑夜的界限于我而言只是睡着和醒着的区别。我努力地思考着，渐渐地，思考和发呆的界限也不再分明。

思绪在长时间的思考中爆发了，它冲破身体，飘出窗外，如同五彩斑斓的云彩一般自由和伸展，沐浴着阳光，俯视着广袤美丽的大地。思绪越来越远，向宇宙扩散而去，与星辰大海，与日月彩霞，与大地山川，与花草树木，与鱼虫鸟兽合为一体。我随它们而去，幻化成尘埃。最终，我已意识不到自己的存在。直到我睁开眼睛，世界也变得更加清新明媚。

在长时间的独处中，我爱上了与世隔绝的感觉：从最开始的不安、恐慌，到安于现状的平静。我能感觉到时光的流逝：它有时候从头顶流淌而下，流向耳边，流向胳膊，再流向地面，往更深的地方流去；有时候它从四面八方涌来，撞击到我，又向四面八方涌去；有时候它从内心涌出，穿过身体每一寸皮肤向外散去。时间充满我的整个身体，又无时无刻不流向四方。我闭上眼睛，调整呼吸，放空自己。我静静地感受着它，也感受着自己，任由喜悦与平和充满我的心灵。我和时间一起涌动着，翩翩起舞。

小时候，每到阳历年，家里都会买一本新的月份牌，由我负责在一天结束时完成“过一天，撕一页”这个有仪式感的工作。参加工作后，我很少深刻感受到一年四季的轮回。现在，我有大量的时间可以重新认真感受曾经无比热爱的大自然。

立春时候，万物开始复苏，大人、孩子都躲在屋里不爱出门，即使出门也要包裹严实，全副武装。过了阴历年，寒冷的空气中有了一丝温柔，我哆哆嗦嗦地跺着脚缩着脖子在户外散步。人们在冰面上滑冰，孩子在残留的积雪里踩脚印。玉兰花已经准备好饱满的花苞，蓄势待发了。

春雨过后，太阳开始慷慨起来，将更多温暖的阳光洒向大地。风温柔地吹薄了冰面，大人嘱咐孩子千万不要去冰上玩。一些调皮的小孩却不听话，他们小心翼翼地探出一只脚，试探地踩两下，原本冬天坚硬无比的冰此时却“咔”的一声突然断裂，把他们吓得立马收脚回到岸边。东风解冻，冰雪化而为雨，润物无声的毛毛雨绘出“草色遥看近却无”的美景。

东风温暖的脚步从蹒跚到坚定，“春雷惊百虫”的惊蛰来到了。气温不断回暖，性急的小草争着挤出地面，地面上的蚂蚁多了起来。渐渐地，迎春花开了，杏花也开了。尽管春寒料峭，却丝毫不影响它们对春天的热烈期盼。

春分是第一个昼夜平分、寒暑平衡的节气，春天的步伐终于轻快起来。燕子如约飞回北方，大地已是一片花红柳绿。油润透亮的浅绿色和黄绿色的嫩芽都冒出来了，梨花开了，樱花和海棠花也开了。花儿的热情与温暖的春风、喜悦的心情交织到一起，有花的地方就有欢声笑语。

清明节是扫墓祭祖和踏青郊游的好时节。每年清明节前夕，家人会去祭拜逝去的亲人。思念如同无形的纽带，把亲人连接在一起，好像从来没有分开过。我不太记得这一天有什么特别的食物，但习惯将清明节前一日称为“寒食节”，禁烟火，只吃冷食。这天，姥姥会折柳插到门上，寓意驱邪。

谷雨取自“雨生百谷”之意。谷雨之后，一般不会再有倒春寒，暖和的天气逐渐稳定下来，雨水也变得绵密。春雨贵如油，谷物享受着春雨的滋润，茁壮成长。每年这个时候，妈妈会开始栽秧育苗，为她的小菜园做准备。

春天是采纳自然之气、蕴养阳气的好时机。野外踏青可以提高新陈代谢，使身体与自然达到和谐平衡。春季宜养肝，应多吃自然界馈赠的食物，如葱、香菜、头茬韭菜等温而发散的食物。春天新生的香椿芽像红绿相间的羽毛一样可爱，只是我再也吃不到爷爷做的香椿炒鸡蛋、炸香椿鱼儿了。

立夏是夏天的开始，气温骤升，雨水渐多，阳光也变得炽热起来。万物开始蓬勃生长，空中墨绿、浓绿成荫，地上翠绿、鲜绿成片。立夏也是“种瓜得瓜，种豆得豆”的好时节，家里的玉米、大豆、花生都要开始播种了，蛙声蝉鸣也渐渐响起来，空气中夹杂着温热的汗味，这一切让人感到躁动不安。

“小满”这个名字很浪漫，满而不损，满而不盈，满而不溢，一切刚好。“满”在南方指雨水充盈，在北方则指小麦的麦粒开始饱满。小时候，我经常会揪一个麦穗，在手心里搓一搓，圆滚滚的青麦粒破壳而出，放入嘴里一嚼，麦浆瞬间涌出。浓郁的麦香清新香甜，唤醒了味蕾。

农谚云：“芒种不种，再种无用。”芒种节气适合种植有芒作物，芒种之后种植作物的成活率越来越低。芒种正值北方冬小麦成熟之时，小时候我们会放十几天的“麦假”，专门帮助家里收麦子。下雨前干农活，是真的在和老天抢时间。现在很多农活都机械化了，省去很多农忙的辛劳，却也失去了农作的乐趣。

夏至是一年中白天最长、夜晚最短的日子。“东边日出西边雨，道是无晴却有晴。”夏至的雷雨骤来疾去，而且范围小。雷雨来时，天忽地就变黑了，继而风狂树歪，哗啦啦来一阵分不清白天黑夜与天地界限的混沌大雨。去时很快，一会儿就又碧空如洗，太阳高挂，彩虹横空。而在不远处的其他地方，却一滴雨也没有，只有干热的暑气在升腾。

小暑开始，正式进入三伏天，一年中最闷热的时候开始了。太阳奔放炽热，风中都是热浪的气息。爷爷把小暑称作“六月节”，这天要吃“头伏饺子”，饺子必须是新小麦磨成面做的，以庆祝丰收。凉面条也是小暑必备的美食，配上各种面码儿，如黄瓜丝、香椿芽、胡萝卜丝，再浇上麻酱汁和蒜汁，每根面条都浸满汤汁，好吃到停不下来。

大暑是一年中最炎热、阳光最强的节气。因为天气湿热，湿邪易困于脾，导致脾胃失调，所以最适合在大暑进行艾灸祛湿。点一根艾条，在肚脐、背部和脚心等部位熏治，可祛除体内湿邪，健脾利湿。

夏季饮食以清淡、消暑为主。清晨去菜园摘几根顶花带刺的黄瓜，洗了尝一尝，青涩中还有些清甜的味道，再顺便摘个熟透的、微裂的沙瓤西红柿，一口下去，浓浓的甜味和淡淡的酸味融合在一起让人心生惬意。中午的绿豆粥沙软喷香，浓郁的谷香扑面而来。晚上再来碗凉粉，吃上几块在井水中冰好的西瓜，浑身清凉舒适。

闷热的夜晚，我会去屋顶乘凉，从繁星里寻觅牛郎和织女。小时候的农家院子里葡萄的香味洋溢，蝉鸣、蛙声、蝈蝈叫，此起彼伏，爷爷漫不经心地摇着蒲扇驱赶蚊子，但这些已经成为遥远而美好的记忆了。

“秋”字取禾谷成熟之意。“早立秋，冷飕飕；晚立秋，热死牛。”立秋后，偶尔还会有秋老虎发威，丝毫不逊色暑天的热烈。立秋这天的传统习俗是“贴秋膘”，一方面弥补夏天因为酷暑胃口差而导致的营养缺失，另一方面为即将到来的冬天储备能量，和动物秋天大量进食以备冬眠类似。

处暑的“处”是“止息”的意思，难熬的暑天终于接近尾声。大米、黄米、小米、豆类等开始逐渐成熟。处暑前后中元节，又一个祭祖的重要日子。人们会献上新鲜瓜果等祭品，向祖先报告秋天的收成。

寒生凝露，称为白露。“白露身不露”，这天起需要穿长袖保暖了。五谷、瓜果也陆续进入收获季节。小时候的秋假，我走向田间，帮家里掰玉米、摘棉花，与大自然亲密接触。“甘薯健脾，强肾阴”，此时节，在粥里加上新收获的红薯，饭后胃不容易反酸。自从离家后，很难吃到红薯粥，每到寒凉天气转换之际，很容易胃酸胃胀，只能靠药物缓解。

秋分，平分秋季之意，也指此时昼夜平分。这一天被定为中国的丰收节。秋分过后的节日是八月十五。八月十五不仅是庆祝五谷丰登、瓜果飘香的日子，更是团圆之日。小时候，我最不喜欢五仁月饼，现在想来，五仁月饼才最能承载五谷丰登这一美好寓意。“白露秋分夜，一夜凉一夜。”从这天开始，气温下降明显加快。秋分过后，家里开始种冬小麦，为来年做准备。

寒生露凝的“寒露”到来了。随着寒气加重，万物也逐渐萧瑟。爷爷把寒露称为“九月节”，这是一个听起来像节日，又不会去庆祝的日子。唯一印象深刻的是，他把芝麻和盐一起炒香捣碎，做成芝麻盐，使之成为一种香浓味美的调味品。“寒露脚不露”，寒露过后，“秋冻”的日子就正式结束了，要注意脚部保暖，否则容易着凉或腹痛。

霜降是一年之中昼夜温差最大的节气。霜降过后，冷空气越来越频繁。树叶陆续枯黄凋落，动物开始捕获猎物以备过冬。被严寒浸染的枫叶和黄栌叶，明媚的艳丽丝毫不逊色春天的颜色，宛如红色仙境一般。虽然柿子树上的叶子基本掉光了，橙红的柿子却像灯笼一样挂满枝头，摘下一个咬一口，甜蜜淌遍全身，每个细胞都能享受到大自然馈赠的美好。

天凉后，人们本能地选择温热的饮食和环境，容易内热上火。喝枸杞菊花茶，煮梨水和山楂水可以润肺、养阴防燥。秋天适合早睡早起，既能缓解秋乏的疲惫感，也能使身体更好地与自然同步和谐。

立冬是冬天的开始，万物进入休养生息的状态。大自然的馈赠足够动物过冬食用。动物们安然享受着丰富的食物，或者干脆冬眠起来，舒服地开始睡觉。民间说，这一天吃饺子御寒可以保护耳朵不被冻掉。立冬后的节日是寒衣节，人们担心祖先缺衣少穿，会在这天焚化冥衣，向祖先表达思念之情。

小雪后，寒潮增加，温度快速下降，家里开始腌制咸菜。妈妈将洗好的芥菜疙瘩、洋姜、白萝卜、胡萝卜和鸡蛋等，填满一个个大小不一的陶土缸。冬天家里的蔬菜不是很丰富，咸菜和冒油的咸鸡蛋，配上粥和馒头，就是一顿美味佳肴。

大雪过后，天气越来越冷。小雪封地，大雪封河，北国迎来了千里冰封的时刻。随着天短夜长，天亮得越来越晚，人们不愿离开暖和的被窝，也都晚起了。寒冷的天气里，人特别容易饿，羊肉等暖胃的食物能让人瞬间满血复活。

冬至是一年中白天最短的一天。太阳七点左右从东南方升起，五点左右从西南方落下，天瞬间就黑透了。北方从冬至这天起，以“数九”的方式计算这段最寒冷的日子，每九天为一“九”。北方对寒冷最尊重的方式就是吃饺子。小时候一家人围坐一起，有的擀皮，有的包饺子，边聊天，边玩闹。工作后的我每到这一天只能买来一盒速冻水饺，略解思乡之苦。

“小寒时处二三九，天寒地冻冷到抖。”“冷在三九，滴水成冰；腊七腊八，冻死俩仨。”人们在腊八这天煮腊八粥，泡腊八蒜，祈求来年的丰收与吉祥。“小孩小孩你别馋，过了腊八就是年。”腊八过后，农闲的人们开始举办辞旧迎新的旧历年俗活动。

大寒在岁终，大寒天气冷到极致。与此同时，年味也更浓：二十三，糖瓜粘；二十四，扫房子；二十五，磨豆腐；二十六，炖大肉；二十七，宰公鸡；二十八，贴年画；二十九，蒸馒头；大年三十熬一宿。之后，就是阖家团圆的春节了。

中国传统文化中蕴藏着生命的秘密，那是浪漫而美丽的规律。古人将一年中每天观测到的日影图合并，得到了原始的太极图，这是古人对宇宙规律最简明的表达。我们每天经历十二时辰的轮回，每周经历日月金木水火土七政的轮值，每月经历月相阴晴圆缺的变换，每年经历二十四节气的变化，每二十年木星、土星相会一次，每六十年木星、土星、水星相会一次，每一百八十年九大行星形成合相。宇宙万物在阴阳中此消彼长，循环往复，永不停歇。

人们常用“人生一世，草木一秋”来形容生命的短暂，但我觉得草木才是大自然永恒的存在。它们紧紧跟随大自然的步伐，发芽、开花、成熟、枯萎，在“野火烧不尽，春风吹又生”中与自然同呼吸、共命运。我们如何才能顺应自然规律，实现和草木一样永恒的存在呢？是不是回到蒙昧无知、快乐无忧、无欲无求的童年状态，会更自由与幸福？童年时代的幸福和快乐是偶尔获得的短暂的、相对的幸福，只有像古人一样掌握了自然规律，知道什么时间播种、什么时间静候生长、什么时间收获、什么时间休养生息，才能像一棵树、一株草那样，获得“天人合一”的长久的、绝对的幸福。

借用《中国哲学简史》中庄子的观点，自由发展我们的自然本性可以得到相对幸福，只有对事物的自然本性拥有更高一层的理解，才能得到绝对幸福。我执着地认为，我们只有找到自己的天赋使命，在热爱中活出生命的自信和光芒，才能拥有同等的绝对幸福。

生命是爱的传承

我抱着虽有目的性但绝无功利心的敬畏让自己沉浸在厚重的历史中，寻找关于人生意义的答案。书籍和电视剧带我穿越时空，身临其境地了解到历史人物的感受和命运的发展。历史不再是枯燥的数字和干巴巴的人物介绍，而是生动有趣、充满丰富情感的故事。虽然高中时我没能获得历史学科上的高分，但如今我在阅读书籍和观看影像资料中拥有了更广阔的人生视角和更丰富的人生智慧。

秦朝是中国历史上第一个统一的封建王朝。从“岂曰无衣，与子同袍”的热血奋战，到“赳赳老秦，共赴国难”的自强不息，彰显着秦人的精神光芒。嬴渠梁排除万难，用坚定的信念推动变法图强，开秦国吏治之先河。邦交多变的战国时代，很多纵横家、名将、游士充满朝气和热情地参与其中，将合纵连横等外交斗争发挥到极致，商鞅、张仪等“布衣将相”大展身手，实现了个人的梦想和抱负。“不拘一格用人才”的气魄与大义凛然、坚韧不屈的顽强精神，成就了秦国一统天下的局面。

《晚清最后十八年》中，洋务派、保皇派、清朝贵族等既得利益者在内忧外患的形势下，仍旧在努力争夺已经变得虚无缥缈的利益。李鸿章创办淮军与北洋水师、新式学堂，领导洋务运动，为清朝的改革和发展做出重要贡献。随着他掌握更多的经济与军事资源，渐渐成为慈禧心中忌惮的角色。中日甲午战争中清政府失败后，李鸿章的势力与声望俱失。李鸿章晚年自嘲是没落时代的“裱糊匠”，他多次主持议和，签订丧权辱国的条约，坚持“精忠报主”的个人信仰，留下了“卖国贼”的千古罪名。个人的命运永远无法离开国家和时代的命运，无论是大人物，还是小角色。

历史书上对袁世凯称帝的描述只有寥寥几笔，《晚清最后十八年》却详细描述了他参加科举考试屡试不中，在军旅磨炼，后被李鸿章重用的故事。袁世凯制定了一整套近代陆军建军方案，建成的北洋新军成为他重要的政治资本。后来，他在戊戌变法中告密，获得了慈禧的信任，取代了李鸿章，成为实权派。任直隶总督期间，他创办新式学校，在天津进行近代市政建设，引进西方司法和金融制度，在中国近代化发展中发挥了积极作用。他因引进和推行新生事物，赢得支持，得以积累政治资本；又因为复辟违背历史潮流，不得人心，被讨伐下台。“得道者多助，失道者寡助。”凡做出民心所向的选择和贡献，就会得到人民的支持；冒天下之大不韪的选择和行为，终将被历史的车轮碾轧。

电视剧《走向共和》中，孙中山先生心怀“强国”抱负，渴望通过改革振兴国家。他多次求见李鸿章未果。他目睹国家腐败后，坚定地走向由改良主义向民主共和转变的伟大道路。他的一生几乎都在筹钱、招人、发动革命起义，无数次面临生活的窘迫和被迫害的危险，但他从来没有退缩和放弃。他痛心疾首地喊道："自由是民众天赋的权利……如果我们不要共和，那我们有的就永远是专制；如果我们不要共和，那我们有的就永远是被奴役。"

他把象征"民族、民权、民生"的三颗纽扣缝到一只袖口上，把象征"平等、自由、博爱"的三颗纽扣缝到另外一只袖口上，把"立法权、司法权、行政权、考试权、弹劾权"装到五个口袋（外面四个里面一个）里，这就是中山装的由来。原来，爷爷穿的中山装不是普通的衣服样式，而是一代人毕生的信念和追求，是信仰、文化和情感的传承。

孙中山先生说："要让它（共和）成为我们实实在在的生活方式，让它（共和）成为我们牢不可破的信念。我孙文相信我们这个中华民族啊，它一定会实现共和的，我坚信这一点。"他在病危中仍发出"革命尚未成功，同志仍须努力"的号召。自此，民主与共和深入人心。

我们习以为常的"共和"竟然如此来之不易，这是历史书上的寥寥几笔永远无法给予的震撼和感动。人们一旦感受到光明，就会努力去追求。电视剧《觉醒年代》中，中国先进知识分子和热血青年借着新思想的光芒，用自己的青春、理想和生命，探索救国救民于水火的道路。

面对反动军阀迫害时，他们的理想不再是文字，而是化作视死如归的勇气。虽然他们都是知识分子，却像战士一样勇敢地丢掉幻想，挺身而出，不惜付出生命的代价：李大钊被捕入狱，惨遭迫害，三十八岁牺牲；陈延年二十九岁牺牲；陈乔年二十六岁牺牲……

陈乔年在剧中最后一次转头时，脸上的笑容依然纯真温暖，眼睛里的亮光依然清澈干净。他在牺牲前留下一句话："让我们的子孙后代享受前人披荆斩棘的幸福吧。"

我们要怎样珍惜眼下和平美好的生活，才对得起他们用信念与理想、鲜血与生命换来的这一切？我们要树立什么样的理想，才能沿着他们曾经的光，燃烧我们生命的爱和激情？

生命从哪里来？只有追溯到人类最早的文明才能找到答案。我们所吃的食物、所穿的衣服、所使用的文字和语言、所拥有的智慧、所体验的情感、所坚守的信仰……所拥有的一切，太多继承于我们的祖先，这是我们被爱着的印记。虽然我们相隔千百年，却从未真正分开。

既然生命是爱的传承，是什么阻碍了我们全然地去付出、去爱呢？看到《百年孤独》中家族宿命式的轮回，我终于明白是从祖辈们那里传承下来的性格阻碍了这一切。我身上有来自母系家族的善良无私、任性洒脱和勤劳坚强的优点，也有强势控制、唠叨抱怨和贪慕虚荣的缺点；有来自父系家族单纯简朴、刚直不阿、幽默可爱和淡泊名利的优点，也有敏感易怒和悲观消极的缺点。

当我善良无私和单纯简朴时，有人在背后算计我，我觉得自己像傻子一样被侮辱，于是唠叨抱怨。但当我再遇到同样的事，善良无私的性格还是会第一时间左右我做决定。

当我强势控制与敏感易怒时，失败不断进入我的生活，使我承受很大的压力。我太在意别人的看法，以致经常紧张、焦虑，甚至不敢停下脚步，享受稳定的生活。

当我任性洒脱地追逐人生的理想时，我战胜了贪慕虚荣的人性，放弃了很多世俗的诱惑。我并不是真的淡泊名利，而是对生命的热爱和对理想的渴望超越了这一切。

淡化性格印记的唯一办法就是放下一切期待，用无条件的爱来接纳真实的自己。最爱的亲人把丰富的性格传给了我，并用深深的爱每时每刻庇佑着我。我也深深地爱着他们，我唯一能做的，就是活出生命真实、纯粹与美好的状态，用无限的喜悦回报他们。

我通过写作走上自我救赎之路，修正、控制阻碍生命快乐的认知和情绪，找到生命快乐的源泉。“写作先生”对我说：“如果你总是执念于写出伟大的作品，写作带给你的，永远只有大大的失望。”

我努力克制想要“结果”的想法，一旦我对自己的文字产生评判的心态，就会立马停止创作，闭眼开始平复内心的情绪。“你为什么没有别人优秀”的想法经常会强烈地扑向我，令我沮丧又愤怒。我不能企图改变“写作先生”，他是独一无二的，优点和缺点都是他不可分割的一部分。我更不能用理智去爱“写作先生”，理智的背后是无穷的计算和欲望，是更多、更好的期待，很少有人能够在所谓的理智的爱中幸免于难。我要破除写作中一切预设和虚幻的想象，只感受写作带来的鲜活与自由的律动，体验真实而非美化的感受。

与“写作先生”这种深度、亲密无间的接触将我从现实的烦恼中解脱出来，进入短暂的灵魂相依的美好。只是每当我回到现实世界，我又得继续体验理想与现实的撕裂，困在追逐、指责和抱怨的荆棘中。

爱只能发生在主动的亲身体验之中，为了找回生命的爱，必须深入那些由原生家庭、婚姻关系、工作关系所带来的爱恨情仇和困顿挣扎中，再将痛苦与执着打成的心结一点点解开，逐一化解，才能打破认知和情绪的枷锁，放飞自己。只有放下对外界的抱怨、控制与索取，世界才会放过我们。

我通过每天的觉察日记，将对现实生活的不满和抱怨逐一记录并化解："今天去见客户，面对客户公司当下的很多问题，我产生了极大的畏难情绪，对接下来的工作一筹莫展。经过反思，我很快意识到自己被客户的负面情绪影响了。帮助客户解决问题就是我存在的价值和意义啊，感谢生命的养分，帮助我不断成长和进步。"

我通过每天的感恩日记，感受生活的美好："前几天下大雪，小鸟找不到食物，我在公园撒了一些米，之后又被下得很大的雪覆盖了，小鸟没有发现米，我有些失望。今天路过时，我看到自己撒米的地方来了很多的鸟，叽叽喳喳，欢乐无比。又仔细一看，自己之前撒的米被吃完了，地上还出现了很多其他颜色的米。我突然被深深地感动：爱可以传递，也可以温暖彼此。借着米，我与小鸟、陌生人之间有了深深的爱与联结，太美好了！

当我将与"写作先生"之间深度的、没有障碍的爱一点点转移到身边的万事万物中后，我的担忧和烦恼越来越少，喜悦和感恩越来越多。我拥有的已经足够多，和平的环境、健康的身体、丰盈的内心、抵御风寒的衣服、填饱肚子的食物、武装头脑的书籍，还有亲人和朋友的爱。我早就拥有了幸福和爱，只有意识到这一点，才能在爱的道路上真正觉醒。

当我逐渐从外界收回散落的能量，我终于明白：向外索取只会陷入“患得患失”的恐惧和痛苦，安全感和爱只存在于内心。我逐渐放下控制与索取之心，重新找回亲密、舒适、自然、流淌的生命状态。我也明白了：真正的爱不是付出，也不是得到，而是像水一样轻松欢快地自然流动，滋养自己，也滋养万物。

生命的本质是能量

负面情绪影响健康，怒伤肝、忧伤肺、思伤脾、恐伤肾，人的很多疾病几乎是由负面情绪产生的。负面情绪还会使人失去自我成长的勇气和力量。只有不断提高生命能量，才能拥有平和、喜悦的生命状态。

提高生命能量和天地养育万物一样，我们要不断为身体输送健康的食物，为心灵注入大道至简的智慧和积极的正念，使生命之树常青。我们要不断回归当下，心怀喜悦和美好，日复一日、年复一年地向阳生长。

饮食有节、起居有常、不妄作劳，是提高身体机能的重要方式。根据节气变化摄入应季、涵养五藏的食物，不摄入过量的食物；顺应昼夜和四季变化，坚持“日出而作，日落而息”；不过度消耗心力、精力和体力，劳逸结合。但这些养生方式却成为当代的奢侈品。我们早出晚归，拼命工作、加班，不断透支身体的同时摄入过多不健康的食物，又在忙碌的追逐中积累了大量的负面情绪，从而引发身体疾病。我们所有的能量几乎都消耗在满足身体的欲望和抵抗负面情绪上，无法追求更高的生命价值和状态。

生命能量是一切的基础。只有不断提高生命能量，才有足够的勇气去跨越障碍、改变自我，才有足够的耐心和持久的乐观心态去探索、创造。悲观、拖延、迟迟不敢开展行动的客观原因是能量不足。生命能量需要恢复、积蓄，我喜欢用“休养生息”而不是“躺平”来形容生命能量恢复的过程。

如何提高生命能量呢？《了凡四训》给了我们简单实用的方法：改过、积善、修谦德。这是作者用实践证明了的改变命运的真理。

改过是修正我们的秉性和习性。秉性是每个人自带的独特密码，是与生俱来的天性。为什么有人天生柔弱，有人天生脾气大？人们将这些归于“秉性”。习性是在个体秉性的基础上，在家庭、学校、社会的影响下，后天形成的特性。好的秉性只有在正确习性的引导下，才可能助力我们走向成功，不好的秉性和习性是我们成长路上的绊脚石。改过就是认识并接受每个课题与考验，不断修正秉性和习性，清除消耗生命能量、阻碍我们实现人生理想的认知和情绪障碍。

如何改过呢？我们可以从事情本身去改，可以从道理上去改，也可以从心性上去改。袁了凡认为必须从心性上去改，培养正念，才能从根本上去除不好的秉性和习性。如同毒树，直接砍掉它的根，而非剪掉它的枝条和叶子，才能彻底清除它。

如何从心性上改变呢？当外在的结果不符合人生期望时，要不断探究内心真正渴望的是什么，而不是改变外在的路径和方法。我通过阅读和写作，一点点排除着认知和情绪的障碍，直至找到天赋使命，掌握人生的主动权。当陷入忙碌和焦虑时，我不断追问自己忙碌的意义是什么，直到看到那个渴望幸福和快乐的自己，我不再急于赶路，而是陪伴内在的自己慢慢成长。

我在一次次扪心自问、一次次勇敢地断舍离中终于明白，实现理想人生的念头存在于当下每一个时刻，它们像种子一样默默蓄力，生根发芽，我必须用坚定的信仰、热切的期盼和无条件的爱来呵护它们不被世俗的欲望所侵蚀。培养全新的生命状态或许有些慢，但这是我全部的人生理想啊，除了精心呵护它们，还有什么其他更重要的事情呢？在与理想默默对视的时光里，我感受到平静与幸福。当我慢下来，我收获了健康、顺其自然的平静和智慧。我想要的少了，收获的却多了，这个过程看似有些慢，却克服了随波逐流，我在不徐不疾中长成最期待的样子。

我们也可以通过积善培养仁爱之心，提高生命的能量。当我们心怀善念，自带能量和光芒，那些魑魅魍魉的念头和坏习惯自然无影无踪。

最大的善是存敬天爱人之心。“天地不仁，以万物为刍狗”，我们要敬畏天道，一视同仁地对待身边的人。每个人都有自己的人生课题，我们要尊重他人的命运。不评判，不干涉，接纳一切。

培养仁爱之心，可以从管住嘴开始。祸从口出，我们很容易在没有充分了解事实的情况下用自己的标准去评判他人。谈论身边的人可能会引起人际纷争，谈论无关的人也会加重我们的傲慢之气，甚至导致语言暴力，害人于无形。更重要的是“福从口散”，如果经常讲“我穷死了”“我完了”等负能量的话，我们就会受到语言强大的暗示作用而失去信心；如果经常爱讲空话、大话，时间长了我们就会失去他人的信任。信心和信任丧失，福气自然就没有了。

行善积德是中华民族的传统美德，我们可以从身边的小事做起，体验日行一善带来的能量变化。比如，将废纸盒和空水瓶分类放置，省去他人翻检垃圾的麻烦；帮助携带重物的人按电梯；遇到行动不便的老人，放慢脚步多等一会儿；给他人让座；主动带走垃圾，不给他人添麻烦……坚持日行一善会让我们在做好事的路上越来越自然，越来越坚定。我们不再因为是做好事而犹豫或不好意思，也不再因为别人缺乏感恩之心而失望和抱怨。只要“但行好事，莫问前程”，我们就能在一切顺境和逆境中安之若素，保持内心的坚定和安宁。

《了凡四训》中提到的节俭、谦虚、勤奋等都是修谦德的方式。通过降低身体欲望，放下傲慢、偏见和执念，用崇高的人生理想和顺其自然的人生态度克服贪、嗔、痴、慢、疑，开启“发上等愿，结中等缘，享下等福”的智慧人生。

俭以养德。我们不为面子或贪欲浪费食物，不为攀比或跟风购买过多的衣服，并非出于省钱，而是珍惜物命，是惜福。每一样物品都是天赐之物，它们受天地育化，由他人辛劳所为，都有其价值和意义。我们要怀感恩之心，最大限度地发挥物品的价值，不过度追求，不肆意浪费，将不需要的物品赠予他人，使其得到更充分的利用。

管住嘴也是修谦德的方式。“你听我说”“我先说”都是傲慢、急躁的表现。人们大都爱表达自我，不喜欢倾听。很多时候，人们倾诉不是为了得到建议，而是为了得到理解和包容，或在倾诉的过程中宣泄自己的负面情绪。我们只需要耐心倾听，为他人提供一个足够安全、被接纳的空间，站在他人的角度理解他们的观点，用慈悲的心体谅他们的情感即可。

读书可以消除认知偏见，摒弃傲慢与无知。在生活中，我们无时无刻不在执迷于“我的观点”“我的方法”，对未知的观点充满抵触和怀疑。过于追求确定的东西容易被固定的思维模式所禁锢，读万卷书可以帮助我们见识大千世界的丰富性和多彩人生的无限可能，更好地领悟“万物变化”和“人生无常”的永恒真理。读书还可以帮助我们远离浅尝辄止与急功近利的诱惑，走下愚昧的山峰。我们要在无人问津的绝望中不断用新知识打破旧的认知壁垒，对人生复盘和修正，才能开启内在的智慧，重新奔赴人生顶峰。

勤奋也是修谦德的方式。通向成功的捷径是“日拱一卒”的精进。为了实现人生理想，我们必须每天按部就班地完成计划，时常反思有哪些进步的可能。我们太急于成功了，总想通过工具、方法和技巧来缩短成功的时间，在眼花缭乱的工具中浪费了大量的时间和精力。工具可以提升效率，比如人工智能写作软件可以帮助我审阅和修订文章，但是无法帮助我完成自我察觉和改变。如果人生方向是正确的，慢一点也没关系，与其在欲望和贪婪中自我内耗，不如踏踏实实地勤奋努力。

有人说，这些提升能量的行为本身就需要足够的能量，我能量低，信心不足，做不到啊。可是我们如果不主动改变，岂不是一直处于低能量的悲观状态，无法摆脱生命的困惑？除了主动改变，我们别无选择。

当身处黑暗时，我像一粒树的种子躺在泥土里，我不知道学习的意义是什么、成长的终点在哪里，我想放下现实的一切，寻找其他的可能性。蚯蚓劝我不要出去，外面风吹雨淋很危险。但当我怀着对生命更高的期盼和追求破土而出时，粉色可爱的小花在微风中和我打招呼，它和我分享一年一枯的经历，它告诉我：花开不多时，要及时行乐。及时行乐的人生多么诱人啊，谁不喜欢自由轻松的生活呢？可是我并没有开花，没有长成自己期望的样子，我根本开心不起来。内心涌动着的能量无处施展，推动着我不停歇地向上生长成小树苗。旁边的小树苗告诉我，千万不要长高，树大招风，长高会没命的。我停下来思考该继续长高，还是就此作罢。最终，我听从了自己内心的指引，去除那些不必要的枝杈，集中养分，只向上生长。

所有来到自己生命中的事物都带着祝福：蚯蚓帮助我松土，小花陪伴我成长，小树苗替我分担风雨。只有努力向上长，跨越来自他人和自我的障碍才能明白：所有的经历都是生命中必不可少的组成部分，它们构成了我完整的人生。只是我需要从不同角度去看待它们，借由它们，或正或反，或左或右地找到通往人生理想的正确之路。

信仰是生命之树的树根，只要我们不放弃对理想的追求，信仰就会指引我们跟随内心的声音去往该去的地方。心智是我们的树干，认知和技能可以拓展生命的厚度和宽度，抵御外在的风险。我们当下的人生状态和结果是枝叶，如果我们对当下的人生不满意，就要从信仰和心智上改变，而不是枝叶——外在的状态和结果上。

经过不懈努力，我终于长成一棵茁壮的大树，不再惧怕风雨。原来，生命和生命本就不同，我们无法完全依靠别人的经验实现自己的人生理想，我们只能亲自探索和体验。我们要主动承担成长的责任，在自己的生命轨道上自然生长，让花成花，让树成树，一切都会成为本来的样子。

第四章

重新认识自己

我们被家庭、学校和社会充分地塑造着，被无形的认知和情绪操控着，以致我们认为真实的自己只能是当下的样子。人生是一场场通过经历实现自我成长的考试，所有经历都是在帮助我们认识自己。本章我们要通过觉察和测评工具，深入了解真实的自己。

每个人都是矛盾体

我渴望自由，却总喜欢像藤条一样缠着某个东西、某个状态或者某个人，一刻也不能停歇，否则就像无根的浮萍一样没有安全感；我渴望独立，却总是幻想有个英雄能够拯救自己，有个贵人能够点拨自己，我不相信自己能够独自到达理想的彼岸；我渴望成为自己，却经常不由自主地讨好外界和他人，希望得到别人的认可。我太矛盾了！

我拒绝育红班，拒绝复读，拒绝稳定的工作，为了追求人生的意义，我一直在叛逆。我总是这样，看似自卑胆小却经常冒险，貌似合群却经常特立独行……我真的太矛盾了！

觉知与探索就在这样的矛盾中产生了，所有的经历都在帮助我看清楚“我是谁”。我要放下一切评判与情绪，带着像孩子一样的好奇和无知，在过去的记忆里翻找曾经的自己，以重新认识自己，重新认识这个世界。

步入社会以后，我发现社会中的很多现象与寓言故事极其相似，充满着矛盾。如：为了证明自己正确，经常“自相矛盾”；不管外界环境的变化，尽力地做着“刻舟求剑”的工作；像寒号鸟一样，只顾浑浑噩噩地玩乐，天天喊“冻死了”，却不解决实际问题。有些老板就像《皇帝的新装》中的皇帝，总做一些违背常理的事情。有的员工成为制作新装的骗子，有的员工成为不敢说实话的大人，他们围着老板阿谀奉承，最后把企业活活搞垮。职场上很少有敢说真话的“小孩”，即使有这样的人，他们也会引起众怒，直到被排挤出公司为止。

在追求理想的道路上也一样。当一个人望向南方——理想所在之地，前路一片茫然，传说中的理想还很遥远，他转身向北选择了父母安排的自己不喜欢的体制内更稳定的工作，一路走来，也先解决了温饱。他看了一眼理想的南方，但选择继续往北走，之后他拥有了车子、房子。他明明知道前进的方向不对，仍然在“不得已”的裹挟中朝着北方狂奔。当回望理想的南方时，他已经肩负重担，且很难割舍现有的一切去寻找最初的理想了。

鲁迅说愿中国青年都摆脱冷气，只是向上走，不必听自暴自弃者之流的话。越是高敏感的人，越需要向上走，如果他们一直待在自我挣扎的底层，就会被大量琐事困住，不得不用自己不喜欢的世俗手段追逐不喜欢的世俗物质，活成自己讨厌的样子，无法拥有更高的眼界和格局。

如何消除自身的矛盾呢？答案是顺其自然地发展，不要压抑自己的任何一种特质。每个人都有自己的天赋使命，但是它不会轻易显现，需要我们去探索和挖掘。我们自认为的优势，可能并不是最终答案，而只是通向天赋使命的阶梯；我们自认为的缺陷，有可能是真正的天赋使命的最大优势。当我通过探索找到自己的天赋使命——教练，我惊奇地发现，曾经自卑地认为别人都比我好的缺陷居然成为我精准地发现他人闪光点的完美优势，曾经的极度内耗居然成为我一眼识别他人情绪卡点的法宝，而一直以来自认为的聪明反而成为我认识别人的障碍，需要不断清理和克服。

如何跨越现实和理想的鸿沟呢？答案是根据现实情况，充分运用自己的特征。最初，我们需要依靠优势而行，发挥自身价值，建立自我认同感和价值感。同时为理想留存一席之地，用热爱的理想拯救被我们排斥和忽视的“劣势”。后来，当我借着天赋使命，活出人生的另外一种模样，无我、无知与无为，我终于和那个奋力证明自己、努力学习知识和凡事追求明确结果的自己和解。原来，现实和理想的差别只是我们已显现和未显现的优势的差别，我们只需要充分接纳自己，就会活出更自由、更洒脱的生命状态。

我们所有看似矛盾的特性，都有独特的价值，只是我们的认知和行动暂时被过往的经历和当下的现实困住，难以超越这一切。人永远无法在问题产生的维度解决问题，只有向内求，回归本心和更高的意识维度，打破认知和情绪的束缚和限制，才能找到内心真正热爱和渴望的，发挥出所有特质的最大价值。

用心理学工具认识自我

当我认识到“自己困惑不是对外界不够了解，而是对自己不够了解”时，我有一种着陆的踏实感。仅凭认识到“自己是问题的根源”，我又重新找回了探索的动力。在阅读本节前，请认真思考以下两个问题：

当你面临问题时，通常习惯从何处找原因？

当你要做重大抉择时，你依赖于理性分析还是内心感受？

接下来，让我们根据NLP逻辑层级模型，一起进行对照和自我分析吧。

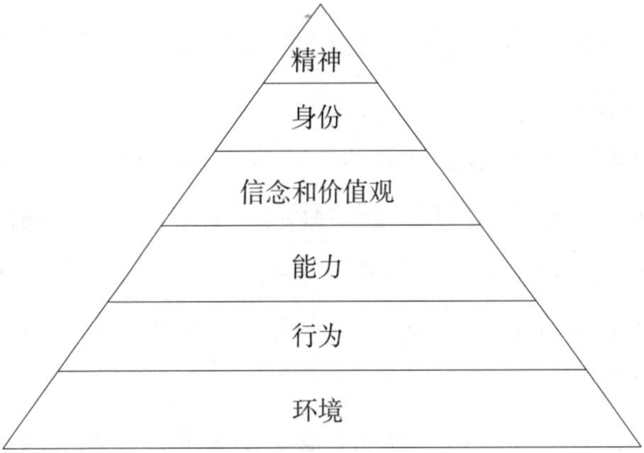

NLP逻辑层级模型

NLP逻辑层级模型将人的成长分为六个层次，强调只有不断地改变和提升，我们才能利用有限的时间和精力，解决更多的问题，做出更大贡献。

第一层次——环境。遇到问题先从外部环境找原因和解决方法。比如行业不景气、老板不好、同事性格差等，容易抱怨外界和他人，陷入“凡事都是外界的错、别人的错”的模式。希望通过改变环境来解决问题。

第二层次——行为。遇到问题寻求自身行为的改变，将“努力”当作重要标准。比如，是不是做的事情不够多？是不是学习或工作的时间不够长？容易陷入“努力但不积极思考”的虚假努力模式。希望通过行为的“努力”（忽视心智和思考）来解决问题。

第三层次——能力。遇到问题寻求自身能力的提升，积极寻找方法。比如，哪个工具更先进，哪个方法更有效，能否一劳永逸？容易陷入“方法能解决一切问题”的模式，成为“懂得很多道理却过不好一生”的人。希望通过提升能力、寻找最佳的方法来解决问题。

第四层次——信念和价值观。遇到问题通过信念判断“什么最重要”，通过价值观判断“什么事更重要”。容易陷入坚持“自我信念和价值观”的固执，忽视“信念和价值观”的客观正确性。希望通过建立个人信念和价值观，对问题做出轻重缓急的选择和处理。

第五层次——身份。开始重视“自己到底想要成为什么样的人”和“自己到底应该做什么样的事”。所有的选择、方法和努力都围绕“我的身份”“我的理想”而建设，避免被与理想无关的事情牵绊和影响，坚定地走在实现自我的路上。

第六层次——精神。把人生使命建立在“利他”层面。通过创造和服务社会来实现人生的最高追求，人生目标更加明确，行动中不再摇摆和困惑，不畏艰难险阻，勇往直前。

那些一路伴随你的问题，能否指引你发现自己目前处于哪一层次？经过对照，我正凭着韧劲从第三层次的“能力”向第四层次的“信念和价值观”攀爬。

通过改变环境和行为来解决问题属于身体层面，是个人认知和情绪的表现，显示了“我当下是谁”；通过提升能力和建立信念属于心智层面，是个人认知和情绪系统的核心，显示了“我能做什么”；通过建立自我意识和确定人生使命属于信仰层面，是个人认知和情绪系统的指引，显示了“我喜欢什么”。“我当下是谁”由“我能做什么”决定，“我能做什么”由“我喜欢什么”决定。首先，要想实现人生理想，就要始终把“我喜欢什么”放在核心和首要位置。其次，建立“我能成功”的信仰，使用工具和方法把人生理想落实到具体实践中。最后，改变自己的行为，向着人生理想迈进。

在自我实现的道路上，我们必须通过学习和实践不断地向上突破，逐渐明晰自己的信念和价值观，找到人生的使命。这种自下而上地探求如同草木向上生长，需要拥有向往美好的勇气和力量。我们也要脚踏实地地将人生使命付诸实践，寻找方法、提高能力、纠正不符合价值观的选择、放弃不符合人生使命的贪恋，直到人生理想最终实现。这种自上而下的实践如同草木向下扎根，需要自我坚守的淡泊品质和智慧。

在竞争激烈的一线城市，停下来思考人生是一个冒险的决定，但对于当时的我，有着自我疗愈的重要意义。在生活越来越不如意时，我发现自己不爱理人，对什么事情都提不起兴趣，莫名地难过和悲伤。我怀疑自己的敏感和拖延是心理缺陷，于是开始阅读心理学一类的文章和书籍。当我不再为对抗焦虑而读书时，它们像阳光和甘露一样滋养了我。

《拖延心理学》的作者认为产生拖延心理的根源是潜藏在意识中的恐惧感，恐惧让我们用拖延代替选择，代替执行，带着自欺欺人的无力感生活。

我恐惧的根源是：做事追求完美，所以不断自我否定；害怕失败带来的沮丧和压力，也害怕成功带来的关注与评判，所以迟迟不能采取行动；我讨厌和排斥一切和掌控有关的事情……我几乎具备拖延症的全部特征，是一个标准的拖延症患者。但我现阶段的重要任务是认识自我、明确人生目标，而不是为了解决拖延症而行动。没有目标，谈何行动呢？

《被讨厌的勇气》的作者认为一切烦恼均来自人际关系。我们应该常常回顾与检视，自己那些过去的经历、过去的成功是否只是用害怕被他人讨厌而换来的。原来，我有很多这样的经历：怕父母失望而努力考出好成绩，怕别人看不起而努力证明自己优秀，怕别人不喜欢自己而委曲求全……我通过努力换来了表面和谐，但风平浪静下却隐藏着波涛汹涌，意愿和行为的巨大撕扯经常使我陷入内耗，我很容易被压死骆驼的最后一根稻草打败，突然辞职，果断翻脸，躺平摆烂，不再迎合。

《也许你该找个人聊聊》一书中，作者通过讲述自己和四位来访者在原生家庭以及社会中遭遇不同类型的伤痛故事得出结论：你没法逃避痛苦，只能承认。你只有鼓起勇气，一往无前地穿过黑暗的隧道，才能找到出路。我无法想象一个人可以遭受如此难以言说的痛苦，断崖式分手、家暴、自杀、罹患绝症、死亡。他们都是命运与生命磨难的亲历者，他们痛哭流涕，甚至企图通过结束生命来逃避这一切。

过去的伤痛已经形成巨大的黑洞和旋涡，像诅咒一样无法摆脱，且将他们一次次带入黑暗和深渊。这是多么可怕的人生体验啊，如同书中所说："经历过创伤的人很容易期待再次遇到灾难，他们不会倾向于靠近生活中出现的好事，他们会变得过度警觉，总是等着厄运来临。"

阻断原生家庭和社会造成的重复性伤害是每个人的责任，但很多人没有能力自救，只能求助于心理咨询师。心理咨询师凭借专业帮助他们接纳不完美的过去，挣脱痛苦的牢笼，享受更美好的生活，这种通过积极引导救赎别人的职业是多么伟大啊！

《也许你该找个人聊聊》一书作者的职业生活是我梦寐以求的，她每天在自己的工作室接待客户，用聊天解决他们的困扰。这些来访者的故事，又为她写作提供了素材。"心理咨询+写作"，这是多么完美的职业生活！

但我仍有一些隐隐的顾虑，我的同理心太强，可能会沉浸在那些形形色色、无穷无尽的痛苦中不能自拔，我在治愈他们的同时，还要避免自己深陷痛苦之中。我有这样的能力吗？

读完《我在精神病院抗抑郁》，我才深刻认识到，抑郁症不是简单的情绪低落和痛苦，而是一种不断与自身搏斗的严重疾病。患者需要接受长期的药物和物理治疗，战胜反复出现的"上一秒在笑，下一秒就泪流满面、号啕大哭"的无力感。他们会经历胸口疼、吃不下饭、所有的精力和希望都被溶解和吞噬掉的无力感；他们经常行走在脆弱与坚强的生死边缘，沦为绝望的囚奴。看到这里，我有些望而却步了。

继续通过专业的测评工具——MBTI（迈尔斯·布里格斯类型指标）问询。这项测评工具的原理是通过一系列个人意愿而非理智的选择来推断性格，它的奥秘在于只要按照“我更愿意”而不是“哪个更好”做出选择，测评的结果就越接近真实的自我。可见，真实的自我与感觉有关，而不是理智的分析。测试结果显示我是INFP性格，这种性格的优点是善解人意、思想开放、具有创意、充满激情、理想主义，缺点是不切实际、自我隔离、注意力不集中、情感脆弱、不顾一切取悦他人、自我批评。这确实是我的主要特征无疑了，至少80%符合。

“此类人属于理想主义，很难找到理想的职业。”我不禁感叹：这不就是我的现状吗？太准了！“很难找到理想的职业”犹如雷霆一般，让我震惊且有种徒劳的无力感。“但因他们的独立和热情，他们几乎在任何工作中都能发光并找到满足感。”我确实很容易在工作中收获乐趣和成就感，即使它们偶尔令人崩溃。“他们经常陷入沉思，比其他类型的人更享受哲学和思考，所以这类人更容易成为哲学家、作家等，适合的工作领域是创作、艺术、教育、咨询辅导、心理研究等。”

当看到哲学家、作家和心理咨询师时，我像遇到久违的朋友，无比欣慰与激动。因为在理想和现实的冲突中体验过极度的内耗，我经常游走在两种认知、情绪与行动的边沿，乐观地向往与悲观地实践，极度讨好与果断翻脸，奋力追逐与躺平摆烂……

物极必反、二元对立对我来说不是哲理，而是一种真实的生活状态。我跨越这一切的秘诀就是通过写作了解自我，重新认识自我，用信仰、理想与爱将破碎的自己重新缝合。

INFP被称为调停者型人格，他们通过调停内耗和冲突，治愈更多的人，把和平带给这个世界。我用信仰调停冒险和平庸：冒险意味着未知与恐惧，但冒险也可以体验更多的风景与乐趣；平庸意味着放弃对世俗意义上成功的追逐，但平庸也可以摒弃完美主义，遵从内心的声音。相信自己可以拥有更好的人生体验帮助我用冒险跨越了平庸。我用理想调停着自卑与自负：自卑意味着没有信心和力量，但自卑也可以发现别人的闪光点；自负容易陷入自以为是的偏狭，但自负可以排除他人的干扰，坚决听从自己的感受。对美好理想的向往帮助我用勇气超越了自卑。我用爱调停着孤独与安全感：孤独意味着放弃从外界获得认同和安全感的方式，但孤独也是了解自己、爱自己的必经之路。我通过对自己无条件的爱，从孤独中获得了安全感。

认识自我，不仅需要工具，也需要不断地知行合一地向内求索。我们不要轻易放弃那些“不甘心”的念头和内心的“期望”，珍惜每一次看见它们的机会。当我们跨越层层迷障，剥落种种限制，让潜意识不断显现，就必定能看到新的曙光。属于我们的人生理想，一直在等待我们走向它。

打破自我壁垒，寻找真实的自我

唯有热爱生活，才能回归生命最初轻松美好的真实状态。然而，现实中的我们大都失去了生命最初的美好和创造力。《当下的力量》指出，很多人都是被环境和集体文化模式塑造的“假我”，不是真实的自我。

生命像一台电脑，我们在成长过程中不断地被输入各种程序，来自家庭、学校、社会等。就像小时候的“条件反射”游戏：先让他说十遍“月亮”，再说十遍“月饼”，然后问他：“后羿射的是什么？”回答“月饼”。如果我们不去修正电脑中的错误程序，就会一遍遍体验“口是心非”“身不由己”，掉进重复的怪圈。

如何才能找回真实的自我？我们要勇敢打破被社会意识和自我安全感束缚的“假我”，这是自我救赎的第一步。“假我”无关对错与好坏，千万不要掉入二元对立的思维中。“假我”以“保护”我们的名义存在着，它确实在某种程度上保护了我们。之所以要打破“假我”，是因为它束缚了生命的活力。

在寻找真实自我的过程中，我们要听从来自内心深处而非大脑的声音，相信感觉而非理智的思考。大脑理智的算计与控制会让我们陷入焦虑和恐惧，切断与真实自我的联系。获得真实感受并不容易，因为我们被环境塑造得太坚固了。我们不得不一遍遍地耐心追问：这是我真正喜欢的吗？我是在做自己还是在完成任务，演绎“完美”？我们必须遵从内心的感受，大声喊出我们的宣言：要真实不要伪装！要真实不要盲从！要真实不要完美！

“真实的自己”隐藏在伪装之中，藏在那些引发强烈自我保护和自我掩盖冲动的情绪背后。我们被“谎言”牢牢控制了，撒谎渐渐成为我们的思维、语言和生活方式的一部分。这是我们亲手努力打造的坚固城堡，只能由自己一点点发现并拆除。

打破“不懂装懂”的壁垒

不懂装懂是我在上学时潜移默化养成的“生存哲学”。为了显得聪明，我经常用点头和发出“嗯”的声音表示自己完全理解，假装自己“一听就懂”。工作后，由于从事的职业对知识的广度和深度要求很高，我贪多求快，积累了大量的理论和工具，只重视“知”和“思”，不重视“行”和“用”，再次将“不懂装懂”的城墙加固。

不懂装懂是没有力量的，当明白自己无法依赖“不懂装懂”实现目的后，我试图将自己从“不懂装懂”的思维定式中解脱出来。

当我承认那些费力做的管理方案并非灵丹妙药时，我开始从本质出发思考企业需要改进的地方。我尝试告诉客户：人才培养需要长时间的坚持，不要沉迷于人才速成的幻想。“种一棵树最好的时间是十年前，其次是现在”，唯有踏踏实实地从现在开始储备和培养人才，才能在未来收获人才。我又重新热爱上了管理咨询师这个职业：从真实中寻找本质，从本质中寻找答案，然后挑选适用的工具，踏踏实实地付诸实践。管理没有完美与最优的路径，只有面对现实踏踏实实地努力，一点点地进步，才能最终达成目标。

我开始寻找“更热爱”而非“看起来更厉害”的人生理想。在写作和教练工作中，我卸下了伪装，用“无知”开启智慧的大门。我可以尽情探索，像小时候那样保持好奇。我没有因为“无知”失去信心和动力，而是从真实中获得了无尽的智慧与勇气。

打破“善意的谎言”的壁垒

每当别人对我提出无理要求时，我总是先火冒三丈，然后压抑情绪，低眉顺眼地答应，尽力把事情做好，因为我想成为“完美的好人”。

善意的谎言源自不愿意面对人际关系的破裂而做出的暂时忍让与伪装。但即使是“善意的谎言”也需要耗费时间和精力去认真表达，让这个谎言看起来像是真的。说谎会让大脑处于紧张和警觉状态，可能会引发高血压、糖尿病和身体炎症，并使精神焦虑和紧张。

谎言把真实的需求和情绪困在牢笼中，使其无法自然地表达。一味忍让的结果就是，该来的总会来，压抑的情绪像一只被困已久的猛兽，破坏一切你最在意的自尊和伪善的形象。当人们在自我压抑中消耗巨大能量后，只能通过极端的方式自救。

我将谎言的墙推倒，开始尝试表达真实的想法和拒绝他人。当说出“不”的那一刻，我如释重负，终于不需要像之前一样盘算如何继续圆谎。说出“不”字确实很难，因为我担心失去朋友的信任和喜爱，担心别人认为我不近人情。但真诚和善良可以为我保驾护航，我会用实际行动告诉他人，拒绝并不代表感情的疏远，我的真诚和爱一直都在。

回到那个困扰我已久的寓言故事。如果我是《皇帝的新装》里的小孩，我会选择离开那个虚伪的环境，将这个故事写成寓言，告诉更多的人。如果我是《皇帝的新装》里的大人，我会选择成为一面镜子，如实反馈，真假由别人来判断。

打破“逃避责任”的壁垒

因为不敢承担责任，我喜欢凡事找理由和借口。指责别人容易，承认自己的不足太难了。小学时，我们需要在暑假期间轮值护校，以防有人砸玻璃或偷窃。轮到我护校那天，我由于家里有事没去学校。不巧的是，学校的玻璃在那一天被砸了。老师找我了解情况时，我一口咬定自己当天去学校了，并且期间没有人来砸玻璃。学校和老师后来没再追究这件事，但我总是惴惴不安。我多次梦见自己找老师坦白事实，但一醒来，还是没有勇气去承认。

我为什么要撒谎呢？因为撒谎可以通过大事化小、小事化了的方式获得暂时解脱，不用立刻承担犯错的代价。如果谎言没被发现，就侥幸逃过了。万一谎言被戳穿，也是未来要面对的，不用眼下立刻承受痛苦。

习惯逃避责任的人，会陷入“自我为中心”的泥潭，失去他人的信任。我们在推卸责任的时候，也将自我成长的机会关在门外。

主动承担责任是自我救赎的开始。在主动承认错误的那一刻，我们就获得了来自真实自我的力量。当我们通过行动弥补过失，就获得了经验和智慧。“吾日三省吾身。”我们同样可以通过每天反思自己来获得这种力量和智慧，并主动改变，重新掌握人生的主动权。

打破“随心所欲”的壁垒

我曾坚定地认为“随心所欲”是神圣的、不可剥夺的“生命自由权”。然而，按照个人好恶的“随心所欲”并不是真正的自由，而是个人秉性和习性在作祟。完全按照喜好行事会把我们困在有限的认知和自我情绪中，形成“自我设限”的壁垒，无法享受真正的自由。

个人好恶可以帮助我们认识真实的自我。我们所喜欢的别人身上的特质，是自我欣赏的部分；我们所厌恶的别人身上的特质，是自我压抑的部分。只有认清并接纳全部的自己，才能重建完整的自我，拥有更广阔的人生。

按照“自我欣赏”的特质去发展，可以帮助我们更好地发挥优势，实现自我价值。而厌恶和逃避式的“自我压抑”可能使我们错失更多美好的人生体验。比如，我讨厌愚蠢，所以我迟迟没有发现“无知”这把开启智慧大门的钥匙；我不喜欢“出风头”，所以迟迟不敢开启写作之路。当我鼓起勇气向“写作先生”告白，勇敢地拿起笔走向自我探索之路时，我才发现新奇广阔的世界和勇敢自信的人生是多么美好。

打破“安全感”的壁垒

过去，我通过向外索取物质、知识和爱来满足内心的安全感。担心物品不够，习惯性囤很多东西；担心不能按时完成工作，习惯性地在任务交付前很长时间就开始焦虑；无法解决工作中的难题，习惯性地阅读大量的工具书来获得问题的解决之道；担心爱人离开，习惯性地不停地确认爱是否还在。现实的结果是，物品浪费、时间浪费、焦虑很多、疑惑很多、爱而疲惫。它们在带给我安全感的同时，也带给我更多焦虑和痛苦。

当认识到问题的根源是缺乏安全感时，我开始改变。我尝试使用完现有的物品再购买，原来物品的使用寿命远比预想的更长久。我认真做好每天的规划，时间远比想象的更加充足和耐用。我通过向内求索的方式寻找问题的答案，原来真正的难题不是缺少知识，而是不愿意踏踏实实去面对和解决难题。我开始花更多的时间和精力去爱自己，原来真正的爱并不需要向外界确认，只需要向自己确认，确认自己是否每时每刻都在无条件地爱着自己。

安全感来自身体、心智和内心的同时满足，如果过度重视物质和名利，忽视内心的需求，生命就会成为“不可承受之重”的存在；如果过度重视内心的需求，忽视承担责任和自我提升，生命就会成为“不可承受之轻”的存在。生命虽然各有不同，但我们追求的目标是一致的：提升自己，打破限制，享受自由。

打破“永恒不变”的壁垒

大脑厌恶变化，喜欢确定性，期望一劳永逸带来的安全感。但现实总是事与愿违，我不断得到，又不断失去，不得不一次次踏上自我改变和成长之路。

流动和变化才是宇宙永恒的规律，我们原本有很多次重启人生的机会。“一日之计在于晨”，我们要满怀希望和信心开启全新的每一天；我们要晚上休息，缓解身体疲劳和精神压力，养精蓄锐。“反复其道，七日来复”，周一是新生、希望，周末是重生，也是沉淀。我们在朔月时许下愿望，向着圆满积累和努力；我们在望月时放下欲望，向着重生清理和反思。春生夏长，秋收冬藏，该发芽的时候发芽，该沉淀的时候沉淀。如果我们现在不幸福，那就从现在开始建设美好的精神家园。

我曾经努力用外界的一切堆砌“理想的自我”，它清楚地展示着我的样子，却又不是理想的我。我放弃用外在标签证明自己，选择直面未知与恐惧，向内心的真实感受寻求答案。我将亲手堆砌的“理想自我”之墙一点点拆除，沉重感与恐惧感逐渐褪去，真实的自我一点点显现。

原来，我所追求的“理想王国”是理想的精神家园。那里住着心如明镜的真实自我，我可以努力追着太阳，成为光，偶尔也可以蓬头垢面，低落与失望。在精神家园里，我的一切都会被看见，一切都被接纳。在精神家园里，我可以摒弃所有人的评价，破除一切虚幻和想象，只享受创造美好愿望的无限自由。

真实自我是生命的藏宝图，蕴藏着巨大的智慧和力量。真实自我被“假我”困在黑暗的囚笼中，我们必须去拯救它，像战士保卫自己的领土那样坚决，像消防员从熊熊火焰中抢救奄奄一息的孩子那样奋不顾身。我们要摧毁那个贪婪、虚荣、怯懦、自私的“假我”，打破一切外在的保护壳，清理阻碍新生的所有负面能量，将真实自我引向新的自由天地，涅槃重生。

在不远的未来，科技创新、人文精神会像雨后春笋一般应运而生。我们要跟随时代的步伐，在摧毁与重生中不断成长。生命重建需要不破不立的精神，我们可以一边摧毁，一边重建，也可以推倒、重建，再推倒、再重建，一次次蜕变新生。永远不要担心这是否安全，我们本就一无所有。生命是从无中来，智慧是从无中来，万物都是从无中来。当回归生命的独立、自由、喜悦的状态，我们会拥有更加旺盛的创造力。

世界是一面镜子，镜中只有自己

阻碍大多数人活出真实自我的主要原因是太在意别人的评价。当你深陷外界的评价而无法独立思考时，请轻声念出下面这句话，重新认识自我：

别人眼中的你不是真正的你，你眼中的别人才是真正的你。

别人赞美我们的地方，是别人自我欣赏的部分，与我们无关；别人厌恶我们的地方，是别人自我压抑的部分，与我们无关。别人口中的我们，并不是真实的我们，不必在意。

相由心生，外在世界是内心世界的投射，真实的我们是我们眼中的别人。生活中的人和事都是我们的“镜子”，帮助我们照见当下真实的自己。千万不要从外部和他人身上找原因，再次陷入与现实纠缠的负面情绪与念头中。任何外在发生的一切，都要从内心找答案：我们当下的情绪是什么？认知是什么？曾经有过哪些类似的行为？

外在世界和内心世界同频共振，如果某个人或某件事让我们感到不舒服，产生评判对立之心，那是我们的内心世界与这个人、这件事共振引发的情绪。这是发现自己内在“系统漏洞”、照见真实自我的好机会。例如，一位朋友对我说话声音有点大，我立马非常愤怒，大声冲他喊了几句。通过反思，我回想起自己曾被大声呵斥吓哭过，这件事条件反射地引起我内在的恐惧和愤怒。当外面有相似的事件与它共振时，我就会重复体验这种感觉。如果我们不去化解内在的情绪，就会为以后发生类似的事情埋下更大的隐患，甚至导致人际关系破裂，不可收场。

当我们遇到问题时，不必再气急败坏地找别人算账，只需要通过内观从自己身上找答案即可。如果我们讨厌别人的自以为是，或者别人的自以为是对我们造成伤害，那是因为我们先有自以为是的念头或行为；如果我们讨厌别人的控制与严苛，或者别人的控制与严苛对我们造成伤害，那是因为我们先有控制与苛责的念头或行为。明白了这个道理，就能发现“己所不欲勿施于人”“我们希望别人如何对待我们，首先就要如何对待别人”这样金子般的智慧真的高明，因为外面没有别人，只有自己，所有的外在都是与自己内心共振的结果。要改变外在，先改变自己。

厌恶或恐惧是非常强大的负能量，被它们控制就像身处沼泽地，越挣扎越深陷其中，无法自拔。即使我们明白“相由心生”的道理，也很难马上从沉重的负面情绪和本能的行为惯性中挣脱。最好的办法是不再继续与现实纠缠，回归当下内心的平静。境随心转，只要我们保持身心的平静与清净，不断清理与外界形成共振的负面的念头和能量，处境就会越来越顺畅，身心会越来越和谐。

当我们通过清理负面情绪来改善处境时，才会真正明白：我们接纳和原谅别人，其实是接纳和原谅自己。我们与他人的关系归根结底是我们与自己内心世界的关系，我们与他人和解、与世界和解的目的其实是与自己和解。

雪崩时没有一片雪花是无辜的。原来我经历过的所有痛苦，自己都是参与制造者：我企图通过追求学历来解决人生的困惑，也曾引导别人走上“向外求索”的道路，无意中误导了别人；我与他人争执，把责任推给对方，给对方造成了伤害和痛苦；我向别人吐槽现实的阴暗，将负能量传递给别人；我不相信爱，吝啬付出爱；我参与了贪婪、自私、恐惧、焦虑与冷漠的制造，我深感愧疚。我愿意为此负责并开始改变。

《零极限》一书中的治疗师用了三年时间，成功治愈了医院的所有患有精神疾病的罪犯。他不断用“对不起”“请原谅”“谢谢你”“我爱你”来保持正念，清理自己的负能量。

当身体不舒服时，我对自己说：“对不起，我一直没有照顾好你，不断地透支身体，请原谅。谢谢你一直以来默默地陪伴与支持，我爱你。”

当对自己悲观失望时，我对自己说：“对不起，我一直没有真正接纳你，请原谅。谢谢你一直用自己的方式保护着我，我爱你。”

当对生活和工作环境不满时，我对自己说：“对不起，我又不小心陷入与外界的纠缠中了，请原谅。谢谢生活以各种方式提醒我回归内在，解决自己的认知和情绪问题。我爱你，生命中发生的一切。”

“从今天开始，我不再逃避困难和障碍，我要成为生命的主角，对生命中发生的一切负责。感恩生命中所有的一切，它们都是我不可或缺的一部分，是我的最宝贵的礼物。它们无时无刻不在爱着我，保护着我，为我提供着人生课题的线索。它们的出现引导我回归平静，拥有无条件的爱和轻松喜悦的生命状态。”

我们与世界的关系，取决于我们当下的状态。当我们身处平和、宽容、感恩和爱的祝福中时，会感受到世界的温暖、美好。

第五章

践行理想，重启人生

天赋使命就像我们的影子，只有不断走出黑暗，站在太阳下的时候，才能逐渐看清它的样子。天赋使命也是我们内心最深处的渴望与信仰，只有不断向前走，逐渐摆脱生存和现实的困境，才能抵达那片自由美好的天地。

找到自己的天赋使命

在阅读本节前，请认真思考两个问题：

你在做什么事情时，能够进入专注、忘我的喜悦状态？
你在做什么事时，更能得到别人的夸奖和肯定？

很多人对自由职业抱有极大的兴趣，然而，真正的自由都是极致的自律换来的。

继续就业时，我还是没有找到适合自己的职业方向，我决定临时与公司合作项目，获取收入的同时，保持相对自由的状态。

没想到这个“缓兵之计”，竟然开启了我的自由职业之路。

刚踏上自由职业之路，我非常兴奋。不用出门，我每天至少可以节约两个小时的通勤时间和一个小时的洗漱时间。多出来的三个小时使我感到无比富足：我可以灵活安排自己的工作和生活，错峰去公园游玩，错峰去咖啡馆办公，错峰去看电影。自由支配时间的感觉，和自由支配金钱差不多，给予我极大的精神满足。

经过一段时间的摸索，我发现了自身精力的变化规律。上午9点左右，精力值大概为50%，还未完全清醒；精力值随着时间的推移缓慢上升，中午12点前后，精力值达到80%。上午适合初、中级难度的工作，比如资料查阅、数据分析等信息输入和整理等。中午休息半个小时，精力逐渐恢复，下午2点左右，精力值达到最高峰。下午适合做中、高难度的工作，比如分析判断、归纳总结等。晚饭后身体的精力值下降到60%，又在晚上7点左右继续回升到90%。虽然这个时间段的精力不是最充沛的，但因为平静无杂念，适合深度思考。平时很多困惑已久的问题，就是在这个时间段完成思考的。

回想之前的时间安排：最重要的工作一般安排在精力一般的上午，次重要的工作安排在精力较好的下午，追剧等娱乐活动安排在适合静心思考的晚上。我一直在用最差的状态应对最重要的工作，而用最好的状态应对无缚鸡之力的敌人，成了“田忌赛马”的反面例证。精力就在这样不合理的分配中被严重浪费了。

我从最初自由支配时间的惊喜，逐渐过渡到科学合理管理精力。身心放松的状态使我的睡眠质量得到极大改善，工作效率也提高了很多，我还能够在工作之余阅读书籍，获得精神的成长和快乐。自由职业使我重新找回真实又美好的生活体验。

合作项目会出现青黄不接的情况，断档并没有确切的时间，可能持续一个月、两个月，甚至更长的时间。当我还是公司职员时，公司的老板也经历过很长时间毫无所获的情况。我们会对他们投以期待的眼神，尽管他们同样焦虑不安，还要硬挤笑容安慰我们：“快了，这个客户快了……”作为自由顾问，没有老板为我“画饼”了，我必须给自己信心，鼓励自己坚持下去。我的自由职业生涯正好遇到新冠疫情的三年，如果不能很好地控制情绪，很容易将努力争取来的自由交给无谓的担忧和焦虑，失去了自由职业最宝贵的价值。

自由职业也存在很大的风险，稍有不慎就会滑向堕落的深渊。我很容易沉浸在喜欢的事情中，无论是读书、追剧，还是玩游戏，一旦找到乐趣，就很难停下来，不知不觉几个小时就过去了。如果不能合理规划时间，我很容易陷入失控的状态。

我之前很讨厌制订工作计划，总觉得它死板又无聊，限制了我的自由。我也尝试过很多规划时间的方法，都是三分钟热度，没能坚持下去。直到看到《认知觉醒》，我理解了大脑的原理和运作规律，才通过制订计划、合理安排游戏时间，使大脑被科学管理和锻炼，我成功地从劳逸结合的工作和生活中找到最舒服的节奏，让生活处于不失控又快乐的状态。

这种自由状态也会带来新的迷茫：我要一直这样闲散下去吗？单打独斗的方式是否会限制我的能力和眼界，使未来的发展之路越走越窄呢？我开始探索第二生存曲线。

作为自由职业者，我深知这一职业独有的困境：居家办公效率往往很低。吃东西、喝咖啡、上厕所等各种琐事不断打扰着正常的工作节奏，居家的随意是仅凭自律难以完全规避的。为了提高工作效率，我选择去咖啡厅和图书馆办公，借助外部环境和陌生人监督自己。因为图书馆的资源有限，预约难度很大，常常只能望馆兴叹。

在探寻解决方案的过程中，我发现了付费自习室，它专门为有学习和办公需要的人提供相对安静的环境。我开始关注这个行业，在搜集资料的过程中，我突然有了开设一家自习室的冲动：既可以解决办公问题，又能创造额外收入，岂不两全其美？然而，经过深入调查后，我放弃了这个想法。很多城市都有不少付费自习室相继开业，无论是机构投资的连锁型，还是个人投资的单店型，盈利情况都不太理想，我不得不放弃这个想法。

我暗自在心中埋下一颗种子，希望有朝一日，开一家免费的图书馆：三层楼的圆拱形建筑，透明的玻璃外墙，灿烂的阳光洒满图书馆的每一寸角落，图书馆里的人在智慧的海洋里徜徉，路过的人能看到里面的人专心读书的样子。我要亲自挑选最具智慧的图书，将热爱阅读和学习的种子播撒给更多的人。我希望阅读和学习成为美好生活的一部分，而不仅是求学和谋生的工具。

随着自由职业者增多，我敏锐地感知到为自由职业者提供服务的小众行业具有很好的发展前景。于是我跟着朋友折腾了一年相关的业务，朋友做得很好，公司规模逐渐扩大，我却无功而返。这一经历让我看到了自己的局限和不足：市场上机会是一样的，但不同的人对机会的把握却截然不同，除了能力和勤奋的差异，最重要的还是个人意愿和天赋。

判断一项工作是否适合自己，亲自试试就知道了。你是为了做成一件事想尽一切办法，不辞辛苦，不在乎面子，只想做成这件事，还是随便试试，不成功就走人？前者取得成功的概率比较大，后者失败的概率比较大。我当时的心态是“反正我不一定靠这个生存”，所以并没有投入十分的努力，无功而返也在意料之中。

失败的经历带来新的迷茫。我对成功的追求究竟是什么？是赚钱，是帮助别人，还是创立一番长久的事业？我没有成功是因为方向不对，资源不足，还是方法不当？在实现目标的过程中，遇到和价值观不符的事情，是怀疑行为，还是怀疑价值观？如何在个人利益和他人利益之间找寻平衡？与个人成长的金字塔一对照，发现问题的根源是现实的追求与终极人生理想不相符，不是所有的经历都能支撑人生理想。如果仅仅为了谋生，耗费过多的精力和时间是不值得的。发展第二曲线的目标应该服务于理想，而不是谋生，我终究不能舍本逐末。

我们在追求人生理想的过程中要时刻警醒：不要本末倒置，不要让鲜活和自由的灵魂被当下谋生的困境所束缚。我们当下从事的职业是探寻理想之路的坚实后盾，但不能成为实现理想的障碍。我们之所以如此努力探索人生理想，是期望有朝一日可以自由自在地沉浸在热爱的事业中，既能享受喜悦与安宁，又能通过为他人创造价值获得回报，再也不用为了生计委屈自己。

康德说过，自由不是你想做什么就能做什么，而是你不想做什么就可以不做什么。自由职业只是一种工作形式，它无法必然实现幸福自由的生活，也无法必然产生自由的思想和精神。只有通过极致的自律，不断地破除现实、思想和精神的枷锁，向着心中的理想靠近，才能获得真正的自由和幸福。

是否存在这样一种职业？它令人魂牵梦萦，仿佛自己就是为它而生，每当想到它就兴奋不已，我们愿意为之付出一切，不计较得失。因为“写作先生”的缘故，我再次对职业有了新的期许。为什么一定得是特别热爱的才值得追求呢？因为我深知自己对于不那么热爱的事情，永远只有三分钟热度。我希望通过热爱的事业绽放生命的光彩，不再彷徨和自我怀疑。

每一次苦苦追寻的背后，都有无数次的辗转反侧与迷茫；每一个异想天开的愿望，都蕴含着拨云见日的惊喜和祝福。天助自助者，我苦苦追寻的答案，居然就在自己颠沛流离的探寻过程中！

有一天，一位进修心理学的朋友认真地对我说：“我觉得你非常适合做教练。”我漫不经心地反问：“你为什么这么认为？”她说：“你经常能抓住关键问题，给人深刻的启发。”我停顿了一下，说：“好的，我研究一下这个职业。”

书籍是人类最好的朋友，我们的困惑几乎都能在书中找到答案。“写作先生”知识储备极其丰富，用文字传递着人类的智慧和情感，带我体验更广阔自由的天地；他包容无私，允许我大胆尝试，不做评判，耐心地陪伴；他无条件地信任我，从不直接给我答案，而是陪伴我一起探索，一步步朝着理想迈进。原来，我已经在“阅读和写作”的引导下，走上了自我教练之路！我对这样的生活如此执着和热爱，这居然就是令我魂牵梦萦的答案！我的天赋使命一直就在身边！

和传统心理咨询不同的是：教练旨在帮助他人实现目标，

陪伴成长，而非解决心理疾病。它完美地化解了我既想涉足心理学，又不想被负面情绪影响的担忧。每个人都有独特的天赋，教练不仅能帮助他人跨越人生迷障，找到天赋使命，实现“助人成长”，还能在耐心陪伴、给予对方勇气和信心的同时，实现“自我成长”。这是一份多么幸福的职业啊！

《越过山丘：打破人生与事业的迷障》的作者是一位教练，她从辍学护士一路升至微软的总经理，经历了多次人生的高潮和低谷。她创业失败后，一切归零，患重度抑郁症，但通过心理治疗和自我救赎，她又一次打破人生的迷障。

打破事业迷障是成长的功课，主人公渊峙的困惑在于：一方面放不下过去创办十几年的营销品牌策划公司，这是他的核心能力和资源；另一方面想营造一个有内涵的品牌，实现从“品牌设计师”到“品牌建造师”的转型，这是他的梦想。他做了很多工作来实现“建造师”的理想，但因无法确定具体的目标，所以陷入“我忙故我在”中求心理安慰，始终没有取得更大的进步。“放不下”和“迈不出”是很多人当下真实的处境。教练不仅需要帮助教练对象找到人生理想，还要通过耐心地启发和陪伴，给予他们付诸实践的勇气和信心。

《越过山丘：打破人生与事业的迷障》的作者提到另外一本书——《高绩效教练》，我很早就买了这本书，当时以为它是“提升绩效”的工具书，就将它搁置一旁了。机缘就是这么奇妙，如果没有缘分，摆在眼前都会视而不见；如果有缘分，你永远都不会错过它。

教练领域有个经典的公式：目标=潜能–干扰。教练通过提问的方式，激发个体的潜能，帮助其排除在实现目标过程中的各种干扰，实现人生目标。

教练的秘密法宝：全然相信每个人都蕴藏着巨大的潜能，相信每个人都知道问题的答案。教练要通过气场、眼神、语言、动作，将这种信念传递给教练对象。教练要保持觉察和好奇，让分析和思考消失，跟随教练对象的思路发现更多潜在的可能性。巨大的潜能来自自我认同，永远不要低估自主选择对一个人产生的巨大激励效果。人一旦下定决心，就能爆发“九头牛都拉不回”的能量。

自古以来，人们就非常重视智慧的开启和能力的发掘。《管子·心术上》中提到“毋代马走，使尽其力；毋代鸟飞，使弊其羽翼”，只有充分发挥他人的潜能，才是对他最大的爱。苏格拉底坚信：最优秀的人就是你自己。教育最有效的方法不是告诉人们答案，而是通过提问，成为新思想的“产婆”，像助产士帮助产妇生子那样，启发和引导别人发现真理。“读万卷书不如行万里路，行万里路不如贵人相助，贵人相助不如自己去悟”，从自悟中求得智慧，是最高阶的学习之路。

教练职业是一条幸福的“终身成长之路”：教练用宽容和慈悲之心，全然地接纳他人，给予他人认识自我的勇气；教练通过自省、清理、归零，放下一切偏见，保持自身的纯粹与平和；教练也是践行者，坚定地走在热爱生活和自我创造的路上，通过感召他人，唤醒他人的英雄之梦，在践行天赋使命的道路上与他人并肩前行。

虽然潜能因人而异，但在实现理想过程中遇到的干扰却很相似。干扰大多来自“自我设限”的认知和情绪。认知和情绪往往相辅相成，认知偏差会导致情绪的存在，带着情绪的认知也会偏离实际。教练要通过提问的方式引导教练对象找到“自我设限”的潜意识，并在实践中修正这种认知，消除干扰。

理想的实现最终还要依靠坚定的行动力。行动力不足的真正原因在于选择的模糊性。当我们没有足够清晰的目标时，很容易放弃那些本该坚持但比较艰难的事情。我们必须探索适合自己的清晰的目标，将其具体化，保持始终有清晰目标的状态。

《成为作家》是一本类似“写作教练”的书。首先，确定“成为作家”的目标。作者认为初学者首先需要解决“我能不能写”的自信心问题，而不是写作技巧的问题。作者像一位教练，引导读者反复确认：对于“成为作家”这个目标的渴望有多大，是可有可无的随意，还是非它不可的坚决。成为作家的力量要源自内心深处对生活的热爱和渴望，而不是外在物质和名利的吸引。

其次，制订写作计划，并坚持完成每一个有助于实现目标的动作。作者列举了写作过程中可能遇到的障碍及解决办法：在早起半睡半醒状态下无意识、不加批判地写作，让潜意识自由流动；让例行公事的写作成为一件优雅而自然的事情，而非受约束的劳役；让自己返回五岁孩子的状态，充满兴趣地打量这个世界，获得永不枯竭的源泉……要享受“将脑海中的美好想法和感人的故事变成文字”的过程，把写作变成一件无比享受的“美差”。

写作的过程中，我克服了很多心理障碍，其中重要的就是：前人已经将道理写了很多遍，我再写一遍的意义是什么？《写出我心》的作者告诉我，写作可以让我找到安身立命的精神家园。我们是独一无二的存在，如果不亲身去实践和感悟，我们会错过我们自己。“我对生活充满着热爱”“我要为生命拓展充分自由的空间”的想法使我最终坚持下来。通过每天对着“写作先生”讲废话，我感受到无限包容的爱与自由，我重新找回那个真实纯粹、幸福快乐的自己。

通过对“写作先生”坚定的爱，我逐渐排除了写作中的干扰和障碍，写作可以让我反思与成长，重新享受生活的喜悦和美好。“教练+写作”这个组合让我觉得自己是世界上最富足的人，因为我拿到了体验世界上美好生活的钥匙。

人生就像一个圆，我们从最初的人生原点被牵引着向四周探索，走上一条并非完全自主选择的道路。我们以为只要走得足够快、足够远，就能探索到更多的可能性。然而，我们越执着地追求某个外在的目标，越容易陷入自我偏执和狭隘的人生困境。只有不断提升认知，向高处行，才能看到广阔人生中更多的可能性；只有不断回归内心，化解负面情绪，接近真实自我，才能解决更多的人生问题。

人生最幸福的事就是活在自己的天赋使命中，这是我们与生俱来的权利。从出生起，我就自带“探索生命意义”的种子，只是我不清楚它到底要指引我走向何方。当我看到自己没有和别人一样开花结果时有些失望，但我一直在努力向上生长，不断拒绝外界强加给我的要求和标准，拒绝与内心感受不符的东西，将限制性信念一点点剥落，终于看到那个一直对生命充满热爱和好奇的自己。幸好我没有放弃，她一直在努力长大。

蝉的使命是金蝉脱壳，重获新生。一般的蝉要在黑暗的地下蛰伏两到三年才能破土而出。在这漫长的黑暗里，它要经历四次蜕皮，然后努力挣脱黑暗和泥土的束缚，用尽全身力气向上爬。它要躲过壁虎、螳螂、刺猬等动物的捕食，躲过人类的捕食，继续向上爬，直到爬到安全的大树高处。它要在高处经历生命最后一次脱壳，然后挥动透明有力的羽翼，飞向自由的蓝天。尽管金蝉脱壳后只有一个星期的存活期，但为了完成作为蝉与生俱来的使命，它义无反顾，勇往直前。

只要你坚定地相信"每个人都拥有天赋使命"，义无反顾地踏上自我探索之路，全心全意地倾听内心的声音，一定能够找到答案。每个人都是独一无二的，人生最好的选择永远是基于个人的热情和理想所做出的最符合个人意愿的决定。自我探索之路没有现成的答案，虽然这听起来有些悲观，却给了我们无限的自由。我们可以快，可以慢，可以停，还可以改变方向重新选择，因为通向自我世界的每一步都是正确的。

天赋使命不是想出来的，是在经历成长痛苦、走出人生困境的过程中创造出来的。天赋使命是人生理想，更像人生救赎。你要努力排除理想与现实、热爱与自卑、自由与稳定等内外因素的干扰，做出最接近本心的选择。当你举着"热爱"的火把，将热情、智慧与时间融合在当下，忘记所有的磨难与痛苦，忘记所有的不甘和委屈，持续爆发源源不断的创造力，将美好与爱带给自己、带给这个世界时，你的天赋使命终将冲破一切困难和束缚，展现出你的万丈光芒。

至此，我对"人文类知识能够创造什么价值"有了更深的认识。我们很难用“投入—产出”来精确计算什么更适合我们，人类的终极理想源自对生命最本真的热爱，我们不仅要依靠热爱找到人生理想，也要用热爱克服实现理想过程中的困难。人文关爱能够为每一位追求理想的人提供爱、智慧、信心和勇气。这份热爱需要传递和分享，激发更多人投身自我实现的热情中。

自我蜕变开始于逆流而上地生长。我们要从奋力追逐世俗欲望的人群中退出来，关闭大脑，屏蔽外界的鄙夷、嘲讽、打击和一切阻碍我们的信息，保护我们的理想不被世俗的洪流淹没。破茧成蝶的前提是“作茧自缚”。当我们借助热爱的事情踏上自律的成长之路，自在地畅游在清净、美好的内心之湖时，当我们越来越自信、越来越聪慧，外在事物不再与我们匹配时，我们会更加勇敢地用新生代替旧有、用轻盈代替沉重、用美好代替自卑。我们终将在一次次蜕变后，破茧重生，达到更超脱、更自在的人生状态。

集中精力，排除干扰

你是不是已经开始迫不及待地尝试向理想迈进了？你是否有制定年度目标的经历，是否在制定年度目标时，总是以热情和信心开始，以无奈和叹息结束？没有完成目标的一年又这么过去了，年年如此，并没有什么奇迹发生。为了改变这种情况，必须先清除实现目标的道路上的诱惑和障碍，使自己轻装上阵。

无法实现目标的原因有两点：一是追逐的目标过多，不聚焦；二是容易受到外界和内心的干扰，无法付诸行动。只有集中精力，排除干扰，才能在实现目标的道路上走得更顺利。

在生活中，我们会面临很多诱惑：功名利禄、美食美景、游戏娱乐、网络社交……这些顺应本能的追逐大都是外部的、短暂的，无法给人带来持久稳定的满足，却容易使人上瘾沉溺。《道德经》告诉我们：“少则得，多则惑。”贪婪之人往往竹篮打水一场空，最终一事无成。唯有拥有长远而坚定的人生目标，才能真正理解“少就是多”的深刻道理。

热爱是创造的源泉。生命最初抑制不住的热情让人充满动力和灵感，面对困难时也能全然理解和接纳。回想童年幸福与美好的时刻，回想那些我们特别擅长的、全然沉浸其中的美好体验，回想那些不甘心的念头和遗憾，它们如此美妙，我们甘愿舍弃其他的事情，全心全意地投入对生命的热爱之中，不计回报得失。

相信你应该有一些答案了，我建议你从阅读开始，通过读书让身心平静下来，为头脑注入新的活力。最好选择你感兴趣的领域，如名人传记或感悟类作品、经典小说等，而不是理论和方法类的书籍。希望你从中获得美好体验，汲取信念和热情，而不是学习如何快速达成目标的路径。希望你从中领悟到：热爱绝不仅是一时兴起，而是付出不亚于任何人的努力，义无反顾地坚持，创造独特的价值。

现在写下你的目标，目标不要定得太高，给自己留一些成长的余地。

例：我要实现（写一本书）的目标。

具体的计划是：

1.每天写五百字。

2.每天阅读心理学、哲学类书籍。

3.每天正念冥想不低于三十分钟。

下面该你来写了。

我要实现（　　　　　　　）的目标。

具体的计划是：

1.

2.

3.

……

完成制定目标的动作并不代表我们已经成功地排除外界的“诱惑”了，我们长期的生活习惯根深蒂固，不是一纸决心就可以轻易改变的。我们必须学会断舍离，清除过去那些消耗心力、不符合心意的习惯。

先从去除生活中的杂物开始：扔掉冰箱里过期的食物，淘汰那些多年不穿的衣物和鞋子，丢掉已经过期的化妆品，扔掉所有影响你心情的、无用的东西，做一次彻底的大扫除。在清理与归置的过程中，你会发现：生活中积攒的无用之物太多了。它们只提供了购买时短暂的心理满足，却没有提供实际的价值。决定扔掉它们的瞬间，你会充满内疚，因为它们曾是宝贵的资源，本可以充饥、御寒、完成作为物品一生最重要的价值和使命，却因自己的错误选择，成了累赘和垃圾。

这是一个良好的开始。在清理的过程中，认真思考“诱惑”和“价值”的区别：诱惑来自外部，价值源自内在；诱惑只能带来短暂满足，价值是尽其一生的陪伴；诱惑带来负担，价值提供意义；诱惑驱使我们向外索取，价值引导我们向外奉献。

面对周遭那些容易带给别人负能量的人，如果你不是心理医生，没有强大的心智去消化别人的负能量，那么默默远离和屏蔽就是最好的选择。请远离无意义的社交，避免沉溺于攀比和无休止的追逐，嘈杂的声音会淹没你的真实感受，外界和内心的拉扯会使你疲惫不堪。暂时放下从他人那里得到理解的期望，大多数人并不具备完全接纳和包容的能力。你要回归内心，给自己更多独处的时间和空间。

很多无用的人和事物将你的生活填满了，无所不知的自大将你的大脑填满了。当你坚定地不断清空时，你会发现自己可以拥有更多时间、空间和可能性，你疲惫的心灵开始鲜活起来，重新焕发生机。你开始接纳新的思想，重新认识和理解自己，重新认识和理解这个世界。

“为学日益，为道日损。”如果想成为一个博学多闻的人，就要在人生道路上耐心专注地积累知识和经验，提高做事的能力和效率。但知识和经验存在时空的局限性，唯有不断学习，才能保证跟上时代的步伐。如果想要追求真理，就要打破一切僵化、局限、主观的认知，用无知与好奇去探索宇宙规律和事物本质。只有不再自我设限，遵循天道和自性，才能在智慧的指引下走得更远，飞得更高。

“自我设限”是了解真实自我的最大障碍。人们往往将难以逾越的心理障碍归结为性格偏好或命中注定。正如王阳明所言：“破山中贼易，破心中贼难。”“自我设限”如同一个贼，偷走我们的信心和能量，将我们困在命运的牢笼中，难以自拔。“自我设限”认定前行道路上存在某些不可逾越的“艰难和危险”。它会引导我们绕开“这个危险”，选择一条相对安全、容易的路。但“走捷径和安全的路”并不能加快前进的步伐，反而引导我们无数次回到“自我设限”的障碍面前。真正的捷径只有一条，就是找出成长道路上的“自我设限”，踏踏实实地解决“自我设限”。

最好的方式是静下来，通过记录、倾诉、反思等方式，以旁观者的角度冷静地观察自己。我们可以从以下认知维度出发，觉察自己存在哪些“自我设限”。

对于“认知信仰”的顽疾，人们往往在遇到重大人生障碍时才能觉察到它。“认知信仰”无关乎对错好坏，它曾经成就我们，同样也会限制我们。比如“随波逐流的生活是自由的”是我的人生信念，多年后才发现，我根本无法在随波逐流中得到真正的自由，反而变得疲惫不堪。比如“做一个优秀的人”是我的人生信念，我在学习和工作中争强好胜，为证明自己不断透支身体。请深入思考，是哪些深刻的“认知信仰”塑造了你当下的生活？你的认知信仰是受外部诱惑驱使，还是受内在价值引导而形成？

对于“认知排斥”的障碍，需要抽丝剥茧地深入挖掘，找到“认知排斥”背后的真实原因。例如，“警惕成功学，远离毒鸡汤”“普通人很难成功”等观念，只有认识到我们厌恶的不是成功本身，而是不愿意面对“必须自我成长”这个残酷的现实，才能认真地做出选择，而不是盲目排斥。

对于“自我否定”的障碍，我们要追溯过去的经历，探寻它形成的过程。比如：“别人都能做到，我就是做不到”——自我否定；“别人都不做，我想尝试却不敢”——自我怀疑。我们要通过平静又耐心地回忆，找寻我们是如何失去曾经的热爱和信心的。我们不可能什么都会，我们也不可能什么都不会。只有在热爱的事物中一点点找回热情和自信，才能逐渐破除“自我否定”的枷锁。

不知道你有没有“厌即是恋”的生活体验。你越是讨厌某些人、某类事，它们就越频繁地出现在生活中，像苍蝇一样不绝于耳，像魔咒一样一念就来。你厌恶自私的人，就给了“自私”强大的个人意念，“自私”就形成一股强大的能量，被你吸引到生活中。你有多厌恶，对抗的力量就有多强烈。只有平和地对待生活中的一切事物，才能拥有平静的内心和顺畅的外在。

我们为什么非要改变呢？顺其自然不好吗？“顺其自然”的本意不是顺应人的欲望，而是顺应事物发展的规律，顺应生命的自性。“人不为己，天诛地灭”从反面表达了如果人不修行，就会受到惩罚；“从心所欲不逾矩”表达得最全面，顺应生命自性的同时应尊重客观规律。只有顺应自然规律和生命的自性，我们才能拥有看淡一切的智慧和从容，拥有真正的自由和幸福。

为什么以自然平和的心态度过这一生如此难以实现呢？我们怎样才能把自己从“对未来心灰意冷、裹足不前、在蹉跎中浪费时间和生命的黯淡状态”中解救出来？我们如何从“生怕一步错，步步错，稍有不慎就跌入万丈深渊”的恐惧中解脱出来？我们如何才能摆脱左顾右盼，总想拿着别人的地图寻找自己的人生方向的执念，坚定地选择一条只属于自己的人生之路？

成长的最大障碍就是不能勇敢做自己。一项临终遗憾事件的调查显示："没有好好爱自己""没有追求自己的梦想"和"没有珍惜自己的生命和健康"排前三位。如果说我们这一生非要有什么"错误"，那就是照搬别人的经验来塑造自己。每个人都是独一无二的存在，我们要为自己的人生负责，热爱生命，这是我们来到这个世界唯一要做的事情。

成长的另一个障碍是对成功的幻想，或对失败的恐惧。我们只有放弃对短暂结果的执念，从终身成长的角度出发，才能重获自由。如果说我们非要有什么"失败"，就是放弃追求生命的喜悦，在对结果的期盼和自惭形秽中消耗生命。

"世界上每个人本来就有自己的发展时区……你没有落后，也没有领先，在命运为你安排的属于自己的时区里，一切都准时。"时间对于每个人最大的意义就是当下的感受和体验。当你心怀梦想，借助美妙的感受潜入当下，时间于你来讲，不再是数字，而是融入美好的艺术品。天道的秘密是"只问耕耘，不问收获"，你只需要将热爱融入生活，不计得失，活成美好的样子，明白成功只是自然而然的结果。

学习和实践是探索真理、克服一切恐惧和障碍的良药。无论是正确还是错误的认知和体验，都是通向真理的台阶。"人生没有白走的路，每一步都算数"是成长的事实。那些痛苦不堪的经历正是塑造我们的机会，那些曾经的绊脚石可能成为我们的敲门砖，那些弯路让我们更加清晰地了解自己的缺点。只要生命没有结束，我们永远可以重启人生，掌握人生的主动权。

现在回想我不顾他人对我"摆烂躺平"的质疑，停下来探索人生，其实就是集中精力、排除干扰的过程。无法集中精力的人，像在黑暗中探索的萤火虫，把微弱的光亮洒向无边的黑暗，却无法照亮前行的路。只有全神贯注于生命中最重要的事，微弱的光才逐渐聚集成一束光，绽放出生命的光芒。

集中精力和排除障碍没有一劳永逸的办法，我们能做的就是时刻提醒自己生命中重要的事情是什么。我们要像每天吃饭、睡觉一样，有目的、有意识地去实践年度目标。我们要像每天清理垃圾和灰尘那样，随时拒绝外部的诱惑，坚定地清除自我设限的障碍。当一切形成习惯时，我们就能轻松上阵，时刻保持积极向上的生命状态，享受实践理想的过程。

减肥是一场修行

由于不合理的作息时间、长期睡眠不足和久坐不运动，我的体重逐年增加，身体状况极差。朋友向我推荐减肥计划，我找了很多理由拒绝：我是易胖体质，我做不到少吃，我做不到不吃碳水化合物，运动也不行……

把教练作为职业目标后，我决定通过自我教练的方式进行改变。减肥是我多次尝试并屡次失败的事情。但是这一次，我下定决心——不达目的，誓不罢休！

整个减肥计划分为“56天+28天”两个阶段，前56天配合饮食要求，后28天逐步过渡到日常饮食。每日三餐按时吃饭，保持每日3升以上的饮水量，并拍照打卡分享到减肥群。餐单上的都是低糖、低碳的流行减肥食物。

第一天，我感到极度饥饿，出现头晕和心慌的症状，因中断碳水化合物身体出现不适，实在难受时需要躺下休息片刻。这一天几乎都在忍饥挨饿中度过，漫长无比。由于饥饿，没有精力，第一天晚上10:00就睡了。在梦中，我吃到了平时钟爱的高糖高油的食物，非常满足。

因为饥饿，第二天早上很早就醒来。我迫切需要补充食物：少得可怜的一杯奶昔、一个鸡蛋，不到两分钟就吃完了，吃完后整个人又空落落的。包子、汉堡、油条不断萦绕在脑海中，像水中月和镜中花一般遥远。离午饭还有四个小时，我只能喝水充饥。幸好昨晚睡得时间长，断碳水的症状缓解了一些。群里的小伙伴减肥成绩非常好，体重基数大的能瘦两到三斤，体重基数小的也能瘦半斤到一斤。看到别人的成绩，我瞬间被鼓舞，又重新充满动力。

经过五天的严格执行，我瘦了六斤，明显感觉身上的赘肉少了很多。虽然仍会感到饥饿，但是忍饥挨饿的心态和能力都有了提升。实在太饿的话，我会吃黄瓜和生菜缓解，不再硬扛。合理的饮食结构让身体易困和易疲劳的症状也缓解了，精力更加充沛。摸清身体的规律后，我能准确地知道几点吃饭既能保证白天精力充沛，又保证晚上不因饥饿而难以入睡。

下定决心减肥以来，我一直坚持严格执行计划，因此在相同体重基数的伙伴中，成绩一直比较好。群里经常有小伙伴偷吃水果或零食，半夜加餐螺蛳粉，第二天体重噌地回升一大截。尽管营养师多次强调，破例一次，需要调整三天才能恢复，但是他们仍然不太在意。减脂效果最好的是前28天，即使整个过程90%都严格配合，但就是这10%不间断地违规，导致减肥效果很差，大大影响了他们的信心和心情。他们非常气愤地质问营养师，认为自己受到了欺骗，甚至自暴自弃，随意在餐单中加入其他食物，导致前功尽弃。

饥饿和嘴馋是经常有的，我不得不想办法解决。我在美食视频中找到了心理安慰，看着别人大快朵颐，想象着自己也体验到了美食带来的满足感，望梅止渴确实有存在的意义。实在饿得无聊，我会去超市逛一圈，闻闻久违的水果香味，看看琳琅满目的零食，然后什么都不买，回家。我还会用一些减肥博主的视频激励自己："我就是饿瘦的，没有一个减肥成功的人不经历饥饿，你要学会享受饥饿感。""饿就对了，只要你管住嘴，明天的体重就会给你惊喜。如果你管不住嘴，就坐在秤上吃，看看自己多胖了！"

许多减肥成功的人都在经历饥饿，我还有什么可畏惧和委屈的呢？

最难熬的莫过于瓶颈期，突然失去大幅度掉秤的成就感，对信心打击很大。我像做错事的孩子一样焦急地向营养师咨询，营养师只能从心态、饮食、睡眠、饮水量等方面来分析原因。同时他耐心地解释道："人的体重是呈曲线下降的，身体的防御机制需要判断如此大幅度的体重下降是否身体受到了威胁，它需要自我调节，平衡之后才会启动新一轮的下降。"他也强调了减肥时心态的重要性，焦虑和烦躁可能成为减肥路上的绊脚石，不要太纠结当前的结果，要把眼光放长远。我选择暂时相信营养师的话，因为我也没有更好的办法，只能继续坚持下去。瓶颈期最多不会超过七天，体重突然在某天又开始下降，一切变得豁然开朗，信心重振。

熬过每一次强烈的饥饿感，熬过不掉秤的平台期，熬过一个月、两个月，我惊喜地迎来了自己的减肥成绩：总计减重二十斤。这种减肥方法能够精准减脂，使身体中蛋白质、脂肪和水的比例更加合理，让整个人神清气爽，活力满满。我已经准备好迎接美好的新生活了！

我认真总结了这次减肥成功的经验：第一，保持饮食规律。饮食不规律会导致内分泌失调，饥饿感陡增，仅靠毅力难以抵抗身体的本能。规律的饮食让身体保持在稳定的状态中，避免了"饥一顿、饱一顿"的危机感。第二，保持营养均衡，科学摄入蛋白质、维生素和矿物质等身体所需的各类营养。第三，接受外部监督。每日打卡的仪式感和营养师的鼓励，帮助我克服了违规的冲动。第四，与饥饿感共处。减肥这段时间，没有一顿饭前不是饿到抓肝挠心，没有一个晚上不是带着饥饿感入睡的。第五，信心与坚持。先相信再坚持，不要陷入怀疑的内耗中。

本以为美好的人生就此开始了：我可以实现穿衣自由、饮食自由。殊不知，这种减肥方法的成功之处也蕴藏着潜在的危险。发明这个减肥计划的人应该非常崇尚这种生活方式，但作为一个碳水重度爱好者，我很难戒掉重碳水、重糖的饮食习惯。毕竟这是我三十多年养成的习惯，改变起来确实是积重难返。

于是，我小心翼翼地尝试了一口包子，体重小幅上升；尝试了几块饼干，体重小幅上升；再试试巧克力，体重明显上升，但在预期范围内；继续尝试自助餐，体重大幅上升。我赶紧停止甜食的摄入，因为控制得及时，体重又回落下来了。接着，我尝试了面条、比萨、汉堡、炒饼、炒饭、蛋糕、冰激凌……渐渐地，再也无法停下来。肚里仿佛有个馋虫在折磨我，身体处于上瘾的状态，心慌难耐，坐立难安。满足口腹之欲的这两个月，我得到了片刻的满足和兴奋，但大部分时间都在自责与惶恐。花了三个月减下来的体重，两个月内反弹了十斤。

我再也无法忍受，再次斥资进行减肥，这次的决心比上次更大：再减二十斤！我努力克服工作中无法吃减肥餐的不便，午餐尽量自带鸡胸肉和黄瓜，或者牛肉和黄瓜。这两样午餐，我坚持了不知道多少天，几乎要吃到吐。和朋友出去聚餐时，我会将菜用清水涮一下再吃。我仿佛在推着一块巨石爬坡，只要一松懈，那块巨石就会顺势滚落，让我前功尽弃。

我小心翼翼地数着日子，如同苦行僧一般。终于熬到减肥结束的日子，这次并没有达到我理想的体重，我跟营养师商量再延迟一个月。又熬过一个月，基本实现了期望的目标，我稍稍舒了一口气。农历七月十五回家祭祖，家人看到我减肥成功，都为我高兴，妈妈也没有强迫我吃她特意准备的碳水美食：肉饼、鸡蛋布袋、黄米枣糕。看着这些梦中情饭，我还是忍住了。

世界上从来没有一劳永逸的事情，不能因为实现某个目标就放弃努力。后来我再次陷入了无节制地吃东西的状态，肚子仿佛是个无底洞，怎么都填不满。感冒发烧时，碳水食物和甜品发挥了能替代妈妈的安慰作用：我需要一碗鸡蛋面来抚慰心灵，需要一瓶黄桃罐头来驱散病魔，需要一盘饺子来缓解想家的心情，需要碗装方便面省去做饭刷碗的麻烦，需要大量的水果压住难以抑制的咳嗽，还需要蛋糕给自己过个生日……食物成了我克服疾病和缓解情绪的心灵依靠。过年期间，我把饺子、汤圆、熏肉、烧鸡、猪蹄、枣糕、桃酥等家乡美食尽情吃了个遍。因为知道过完年又得重新开始减肥，所以我要提前破个戒。

吃东西并不只是因为饿，而是一种说不清楚的心理需求。内心的空虚？害怕饥饿的报复？还是身体对清心寡欲减肥的反击？欲望变成无底洞，我放弃了约束。我必须不断用食物填充，填充，再填充，否则就会感到生无可恋般的失落。即使吃到撑，内心仍有一种声音在呼唤："再吃点什么呢？"

我查阅了一些资料，终于明白：难以控制的食欲可能是胰岛素抵抗在捣鬼。胰岛素抵抗是指胰岛素促进葡萄糖摄取和利用的效率下降，身体为维持血糖稳定而补偿性地分泌过多的胰岛素。过量的胰岛素给身体发送了"我还可以吃更多"的虚假信号。食用更多高热量的食物会促使身体分泌更多的胰岛素以消耗它们，这是引发胰岛素抵抗的重要因素。过多的胰岛素会刺激脂肪酸转化为脂肪分子。摄入等量的食物，出现胰岛素抵抗的人，会比其他人长肉更多，这就是喝凉水都胖的"易胖体质"。胰岛素还会对脂肪形成保护，通过节食和运动很难有效减掉，这就是有人很难成功减重的原因。更严重的是，人体胰岛素总量是有限的，过度使用会导致胰岛素耗尽，最终引发糖尿病。

为什么我会产生胰岛素抵抗呢？虽然我没有找到明确的原因，但发现了一条和我的情况很接近的信息：甲减（甲状腺功能减退症）的人更容易产生胰岛素抵抗。尽管我没有患上甲减，但是我的甲状腺指标偏低，因此我必须认真对待胰岛素抵抗可能对身体带来的危害。

高热量食物容易将人带入胰岛素抵抗的诱惑陷阱，这不是和美食欲望做斗争，而是和身体机能做斗争，违背身体规律的事情一定会失败。我不再用“嘴馋”和“没有自制力”来定义自己，而是深刻认识到：自律即自由，要想有所得，必须有所戒。如果再继续随意摄入高热量的食物，万一得了糖尿病，就失去饮食自由了。身体是我拥有更多美好体验的最坚实的靠山、最忠实的朋友，我要好好照顾它。

按照中医的理论，气不足则多食。脾胃不好、气血不足的人更容易暴饮暴食，以补充身体所需的能量。暴饮暴食又会加重脾胃运化的负担，导致脾胃无法吸收饮食中的营养成分，加重气血不足，形成恶性循环。消化系统承载能力有限，晚上适当空腹不仅可以养胃气，还可以唤醒身体本能的治愈力和免疫力。只有健康饮食和适当运动才能改善气血状态，减少身体对食物的依赖，形成身体机能的良性循环。

小时候的梦想是拥有一个小卖部，里面装满心仪的美食，想吃什么就拿什么，不再受制于物质的匮乏。长大后，我通过努力买到了很多曾经渴望的零食，给身体补充了很多美味的垃圾食品。然而，身体的承受能力有限，它需要的营养与我心仪的美味并不一致。喜欢是随心所欲的放肆，而爱是克制，只有适度克制才能长久。

原来，放纵吃喝的背后是很深的匮乏感。匮乏感不仅来自曾经的物质匮乏，也来自没有成就感的心理匮乏，还有不能自我控制的无力感。只有不断看见匮乏背后的认知和情绪，弥补内在的匮乏，才能从根本上改变暴饮暴食的习惯，实现身心健康。

减肥对于我来说不再是短时间内忽上忽下的数字较量、违背身体规律的较劲，而是从身体和心理两个方面入手，养成健康的饮食和生活方式，同时关注并安抚匮乏背后的情绪。

我在吃饭时尽量屏蔽一切外在的干扰，放慢速度，细嚼慢咽。我告诉身体：从此以后，每天都不会再让你忍受饥饿，也不会再让你负担过重。我认真感受肠胃对食物的消化，寻求八分饱的舒服而不是十分饱的撑胀，帮助身体建立合理的饮食平衡。

情绪不佳想吃东西时，我会主动觉察并接纳自己因想家、疲惫、压抑、挫折而产生的情绪，并告诉自己：从此以后，我不再用理智控制你、压制你、苛责你。我会关照你的每一个情绪，我允许你出现不好的状态，并给予你充分的时间和空间恢复舒适的自在状态。我会做更多有趣、有价值的事情为你补充能量。当内心喜悦、充实时，自然不再需要多余的食物做补偿。

叔本华曾说过饥饿是最好的调味品。在减肥的过程中，我深刻地体会到这句话里蕴含的金子般的智慧。人类对于美味的追逐是无止境的，只有节制欲望，才能获得心灵的平和。很多人认为减肥餐不好吃，其实真正饥饿的人会对每一口来之不易的食物充满强烈渴望。虽然减肥餐很清淡，但食物本身的味道就足以让饥饿的人充满感恩和喜悦。当我品尝着不同食物独一无二的味道时，不再是狼吞虎咽，而是细细品味，感受食物的珍贵。久而久之，饥饿感成了身体的一种期待，它能够唤醒味觉的敏感和心理的喜悦，使身体处于低消耗的舒适与健康状态，使心理处于低欲望的平和与轻盈状态。我真的爱上了饥饿感。

在早起中重启人生

之前读书时，我经常陷入两种极端：要么沉浸在阅读中如沐春风，但读完就忘，如过眼云烟，一无所得；要么认真做笔记，然后心满意足地将它们束之高阁，再也不去关注。世界上最遥远的距离就是从头到脚的距离，不付诸行动的知识是没有力量的。

《早起的奇迹》的作者声称："坚持早起能让你在人生的每一个领域都更上一层楼，而且速度绝对超乎你的想象。"对于"早起"和"成功"这两个词，我有着本能地排斥。我把失眠看作天生的特质，对我来说，通过刻意早起去挑战失眠简直是对身体的摧残。风靡的"成功学"也被我认为是侵蚀心灵的毒药，让人产生不切实际的幻想而盲目追从。我抱着怀疑与批判的态度读完了这本书。

认知上的傲慢与偏见是阻止进步的最大障碍。原来《早起的奇迹》是帮助读者用梦想和正念唤醒心智和身体，从而跨越理想与现实的鸿沟。它介绍了睡眠的秘密："睡眠对身体的影响方式在很大程度上取决于我们'相信'自己需要睡多久……只要我们在睡前暗示自己会缺乏睡眠，第二天早晨肯定就会感觉疲惫。只要我们在睡前进行积极的自我暗示，晚上就能得到充足的睡眠，第二天醒来时也会精神焕发。"这一观点完全颠覆了我的认知，由于长期失眠，我对睡眠形成了固定的认知。比如，必须晚上十一点前入睡，错过最佳睡眠时间一定会失眠；一旦被闹钟强行打断睡眠，必然会头疼；多梦的晚上睡了等于没睡，第二天精力不足……没有充足而良好的睡眠，我的大脑就像一台坏掉的机器，睡眠几乎成了我一切行动最重要的前提条件。坚信"八小时睡眠是人生底线”的我决定亲自验证真伪，看看是否和作者说的一样神奇。三十天早起计划正式开始！

前一天晚上，我十点钟就躺在床上进行冥想。我想象着自己成为一名真正的教练，坐在一间有落地窗的明亮房间里接待来访者。房间温馨而简洁，书柜是原木色，沙发是蓝灰色，温度适宜，房间里弥漫着绿植和鲜花的清香。来访者在轻松的氛围中诉说着自己的经历。窗外是一棵巨大的梧桐树，有一片沾满露珠、生机勃勃的草地。我感受着来访者的声音和情绪，两者像空气和水一样自然流淌。在没有翻来覆去地“烙饼”的状态下，我居然很快睡着了。

初春早上的五点，自然醒来，漆黑中透着微亮。我依稀记得今天要早起，然后自己被这个念头吓了一跳。如此沉重的身体和脑袋怎么可能醒得过来呢？如果强制起床，大脑肯定就废掉了，还是算了吧。我翻了个身，换了个舒适的姿势，尽量保持困意，并暗示自己千万不要清醒。可“要早起”的念头不停地催促我：不是要试验吗？不起床怎么知道自己能不能适应呢？我挣扎了几分钟，决定按部就班地开启早起计划。

首先，我清醒了三十秒，然后放空，进入冥想状态。仍是那个被大自然包围的工作室，我坐在室外，感受明媚的阳光和微风轻拂，来访者也在轻松的状态下诉说着美好的目标，兴奋地写着行动计划。我内心平和，微笑着，充满善意和智慧。渐渐地，沉重混沌的大脑像被凉风吹过、清水洗过般清醒、放松，一扫沉重、阴郁的起床气。

接下来是唤醒身体的环节：先喝一杯温水，做些舒展运动，让身体慢慢苏醒，再做五十个仰卧起坐，最后做一百个胯下击掌。

然后，制订当天的全部计划：阅读、工作、写作、健身，以及记录要感恩的事情。

最后，进行早起阅读。阅读是用新鲜知识喂养大脑的过程，保持大脑的活跃和兴奋。第一天没经验，我捧着《当下的力量》不知不觉读了五十分钟，眷恋到舍不得放下。

完成以上所有步骤后，时钟指向了七点。尽管我已经忙活了两个小时，但丝毫没有疲惫和混沌感，我已经很久没有体验过这种精力充沛的状态了。

早餐后，继续投入其他计划中。令人惊奇的是，不到上午十点钟，我居然完成了当天大部分计划！早起真的好神奇啊！它不光让我每天多出两个小时的时间，还促使我严格按照计划实施，效率倍增，让我改掉了拖延症。如果每天都能坚持早起，保持精神饱满的状态，人生不就开挂了吗？我重新对自己充满信心，觉得成功指日可待、近在咫尺了。

我还是高兴得过早了。不到十一点，困意来袭，我匆忙吃完午饭后补了一觉。以前，午觉半个小时就足够了，但今天睡了一个小时还觉得困，赖床心理越发严重。下午和晚上工作状态一般，总期待晚上十点尽快到来。瞌睡和饥饿感都让人难以专注在当下。

睡前总结：第一天给自己打六十分，因为成功做到了早起，早上十点前的状态非常好。下午和晚上意志力减弱时，我只顺从了身体的本能，没有主动通过意念调整，导致无法集中精力工作。要时刻记住“睡眠对身体的影响在很大程度上取决于我们

‘相信’自己需要睡多久”，以减少对睡眠的心理依赖。晚上冥想时，我不断告诉自己：睡多久都可以，身体都会感到舒适，充满活力。只是还没念叨几遍，就进入梦乡了。

第二天，凌晨四点四十分醒来，内心极度不甘，毕竟我不是参加 “谁睡得少”的比赛游戏。我努力让自己处于舒服沉睡的状态，想再睡一会儿，又担心睡的时间太长，错过早起。纠结了二十分钟后，我决定起床。

通过对美好未来的幻想让大脑慢慢清醒，感受呼吸的平和，让身体慢慢苏醒。冥想像一台自带发动机的电风扇，吹散了我的懒散之气。身心吸收着清晨的能量，我慢慢从昏暗、沉重的状态中逐渐清醒起来。

起床后，拿起一本《吸引力法则大全集》开始阅读，人就像一块磁铁，悲观负面的磁铁会吸引不好的事情发生，乐观积极的磁铁会吸引更多的好事发生。大脑强烈地感受到自我价值，开始觉醒。美好的生活多么吸引人啊，我不由自主被带入专注和兴奋的乐观状态，不知不觉中一个小时过去了。

写作已经成为我生活中必不可少的一部分。有时突然灵感迸发，我会洋洋洒洒地不停敲击键盘，直至完全尽兴，然后独自欣赏半天。有时却完全提不起兴趣，连续几天都不想打开电脑，因为我又被难题卡住了，尽管我对着电脑费力地胡编半天，仍旧看不到希望。烦躁中，想起这样的话：如果你写作时感受到困苦和压力，那么你并没有在写作，而是在创造虚假的自我。唯有真实表达，才能自我救赎。

于是，我重新打开一个文档，控诉写作给我带来的苦恼。果然，我很快进入“当下”：我为什么感到痛苦？因为编造文字使我体验到言不由衷的心理扭曲。我为什么要编造文字？因为我给自己设定了写作目标，如果完不成，就会陷入拖延症的痛苦。为了逃避这种痛苦，我必须凑齐一千字。《正念：此刻是一枝花》中提到，作者和他的作品应该是一体的，作者要表达的就是一个关于专注、信任、坚持自我、但行好事莫问前程的正念故事而已。

所有的答案都藏在问题里，生活中每一个障碍的背后都隐藏着真正的渴望。当我尝试用虚假编造文字的方式绕过成长中遇到的障碍时，就失去了通过写作进行自我探索的意义。找到热爱的事情只是开始，任何时候都不能忘记初心，否则我们随时可能在“只顾形式不顾本心”的忙碌中迷失方向，进而痛苦地认为这不是我们的挚爱。

下午去公园慢走，我不再行色匆匆地越过身边的人，而是认真感受脚踩在大地上的踏实感，体验胳膊摇摆的节奏。我突然领悟到：生活是一种心态和状态，而非某种特别的外在形式。只要活在当下，无论正在经历什么，都要过好这一生。想到这里，我又充满能量，不由自主地加快脚步，恢复到风风火火的状态。

第三天是周末。身体也许接收到了“今天是周末”的心理暗示，总想为自己找一些舒适的体验，从而引发一系列不可控的行为：吃零食、玩游戏、追剧。我在不知不觉中浪费了很多时间，计划完全被打乱了，真是“逆水行舟，不进则退”。我下定决心，明天开始一定要改变。

第四天，有些类似感冒的不适。从凌晨四点半醒来到六点起床的过程中，我萌发了无数“放弃早起”和“强制起床”的念头。

“还是尊重身体规律吧，它这么沉重和不舒服，需要多休息一会儿。”

“才第四天就要放弃吗？”

我翻个身，换个舒服的姿势。

“这个状态起床的话，这一天就浪费了，是一个小时重要，还是十二个小时重要？”

“《早起的奇迹》不是这么说的，不说意念的力量超过一切吗？你的意念去哪里了？”

睡梦中，妈妈叫我起床。她摸着我的脸，轻轻地拉着我的胳膊。她怕闹钟声音太大吓到我，总要在闹钟响之前叫我起床。可我总是不领情，觉得是她减少了我宝贵的几分钟睡眠时间，增加了我的起床气。

“快起来，到点了，起来吃饭了。”

“不起！不想起！”

“别晚了。”

想到妈妈，我清醒了一些。人总是对亲人很苛刻，把本来与他们无关的情绪发泄给他们。为了妈妈，我也应该更努力一些，她为我付出那么多，也没对我提过什么要求。她给了我充分自主权，自己默默忍受了很多委屈。我却还是会抱怨她。

起床后，我匆匆地做完正念冥想、运动和阅读。教练工作还是那个样子，重复的次数多了，也没有了新意。因为例行公事，我都没有感受到意念中的自己失去了脸上的笑容，活动后身体也没有完全打开，清醒度估计只能到六十分。我在心里安慰自己：

能坚持早起已经是胜利了，不要对自己太苛刻。

第五天，按部就班地完成一切动作，没有拖沓，也没有惊喜。第六天，为了迎接外地的朋友，我加大了工作量，饮食控制也更加严格。从这天开始，拖延症苗头逐渐显现。第七天，起床依旧需要克服极大的惰性，写作任务没有完成。为了逃避写作压力，我在阅读上花费更多时间弥补内心的愧疚。第八天，写作的任务依旧没完成。第九天，第十天，陪朋友逛街，吃美食，只抽空完成了阅读计划。

第一个十天早起计划结束了。虽然早起仍然需要挣扎，但基本完成了早起的目标。这个坚持让我想到了减肥计划，虽然坚持下来很难，但最终的结果是“功夫不负有心人”。我对早起也持有同样的态度，既然已经迈出了这一步，就要坚持下去，不会轻易放弃。

第十一天到第十七天，生理期来临。《当下的力量》指出，女性在生理期很容易被痛苦之身控制，生理期是女性改变痛苦的最好时期。我对“正念练习转化生理期的痛苦”有些好奇。这个一直被我视作麻烦的疼痛，真的可以帮助我提升自我意识吗？我熬了红糖桂圆姜水，抱着热水袋，裹上被子，尽量使身体保持舒适，开启了一天的计划。

这段时间的工作效率会低一些，但整体舒适，没有焦虑和不安。就在我以为就这样平静又顺利地结束一天时，我接到一个电话。对方重复了两遍后仍旧没有把问题说清楚，我不耐烦地打断了他，迅速地说完自己的观点，然后厌恶地挂掉了电话，并在心中抱怨对方愚蠢。原来没有焦虑和不安的独处，并不代表我是“好好的”。不良情绪在身体无意识的痛苦中隐藏着，像伺机的猛兽，随时准备出口伤人。我不能每次都在情绪风暴结束后反思，而是要保持觉知在线，提高警惕，这才是生理期进行正念练习的真正意义。

第十八天到第二十二天，这是睡眠质量很差、情绪也很糟糕的五天。楼上的狗每天凌晨开始挠来挠去，跳上跳下。尽管不能确定是它吵醒了我，还是我醒后才听到噪声，但我毫不犹豫地将所有不满情绪都发泄到它身上。我连续两天在社区群里用愤怒的语气提醒邻居，让他管好自己的狗。直到第三天，我才意识到应该从自身找原因。我为自己编了个理由来欺骗自己：把这只狗当作上天派来叫我起床的闹钟吧。然而，第四天的凌晨三点，它就开始挠地了。压抑的情绪又瞬间爆发，真想把它抓到笼子里关起来。愤怒的情绪阻碍了我通过正念为自己充电，早课也不能使我保持精力充沛和情绪稳定。第四天晚上，我努力对自己进行心理建设：睡眠时间不能决定我的精神状态，无论这只狗几点挠地，都不会真正影响到我。影响我的只有对睡眠的依赖和信心不足。第五天早上，当它五点开始挠地时，我平静地接受了这个现实，情绪也没有再出现明显的波动。我完成早上的冥想、阅读和运动后，身体感到发热，头脑轻松，终于又回到了高效的状态。

第二十三天到第三十天，这段时间我做了很多悲伤和焦虑的梦。我梦到已故的亲人，再次经历死亡的痛苦；梦到考试，焦虑不安。梦境中的伤心和焦虑是内心深处隐藏的、被压抑的情感，它们在白天被压抑，只能在无意识的梦境中得以释放。睡眠质量的下降直接影响了身体状态，白天止不住想吃东西，沉迷于游戏，无法集中精力工作。这几天，我是靠着顽强的意志力坚持下来的。从实践结果看，意志力很难战胜强大的本能和天性，我的意志力几乎被彻底消耗殆尽，很多本该由它出面干预的事情，它都无能为力，只能任由本能在那里吃喝玩乐而束手无策。

完成第一个三十天早起计划后，我回顾了早起日记，大部分内容都像记流水账一样，记录的是自己常常在与“不想早起”做斗争，抱怨睡眠质量差、工作任务未完成等内容，而关于感恩的记录却少得可怜。我还漏掉了一个至关重要的环节，即在每天结束时进行反思。反思能够让人及时调整自己的想法和行为，不断精进。

这次的早起经历再次证明了一个道理：永远不要将手段当目的。我们经常走着走着就忘记了这一点，不知不觉被手段绑架，走向被奴役的道路。早起计划只是一个工具，目的是让我们更专注、更充分地利用好每一天，而不是打卡每一天。为了留痕而留痕，为了早起而早起，就失去了早起的真正意义。如果无法让生命变得幸福美好，“把手段当目的忙碌”和“迷迷糊糊地得过且过”在本质上并没有区别。

我决定继续实施早起计划，不再把起床时间视为唯一的目标，而是让身体回归顺其自然的松弛状态。我不再像机械一样按部就班地完成每项计划，而是在“苟日新、日日新、又日新”的过程中不断精进，时刻提醒自己不要陷入“僵化、重复、麻木”的陷阱。我不再把冥想当作任务，而是在专注冥想中坚信生命的美好，踏上追寻幸福之路。我一次又一次地提醒自己：生命中真正重要的是幸福和快乐，任何违背它的信念和价值观都是不可取的。

重新启动身体自然唤醒的模式。早上，意识感受到清晨的光明即将到来，试图从一片汪洋大海中挣扎出海面，但海洋的力量太强大，意识越挣扎越疲惫，根本无法挣脱。我告诉意识：不用着急，今天不用早起。意识逐渐放松下来，以最舒服的姿势浸在海里。意识随着呼吸在大海里自然地起起伏伏。意识越来越自在，越来越轻松，它不断突破混沌和束缚向上浮，终于在呼吸和海水浮力的作用下浮出水面。一片清净、无挂碍的清爽感从心底涌出，无比轻松喜悦的意识带动身体一点点苏醒过来。

早上七点进入辰时，日值胃宿，身体因需要补充食物能量自然醒来。感恩食物，它们是时间和辛勤劳动的产物，是大自然的馈赠。我们通过食物从大自然中汲取能量，感受阳光、雨露与土地慷慨馈赠的爱。自然的馈赠如此丰盛，我们要多食用自然健康的食物，警惕味蕾和欲望被“包装的美味”所俘获。

感恩书籍带我见识更广阔的世界，放下与人攀比的执念，选择美好而有意义的生活。我通过阅读和写作了解自己，找回对生命的热爱。这一生最需要阅读的书就是自己：此时此刻的当下，每个人都在以各种方式创造着自我。如果我们对当下感到厌倦，不想再成为提线木偶和无意识的机器，那就让内心挣脱这一切，开始期待美好。心智在美好事物的召唤下有所松动，心智开始与身体谈判，身体对这一刻期待已久，它已经迫不及待了！请用最热情、最兴奋的方式与身体对话，告诉它：未来不会再透支它，只和它一起创造幸福美好的生活。

原来，这才是《早起的奇迹》要告诉我们的秘密：早晨是生命给予我们宝贵的重生机会，我们要在此时种下幸福与美好的种子，唤醒身心灵，给予它充分的爱、感恩和鼓励的滋养，静等它开花结果。请放弃快速实现“目标”的功利心，所有的工具在“揠苗助长”思想指导下都是不合时宜的，急功近利会让我们变成愤怒和麻木的机器。只有让身心灵在平静与喜悦的专注中不断强大，才能充分发掘潜力，创造属于当下的每一个幸福和奇迹。

服务他人，提升自我

“人是自己思想的产物，只要你认定自己的观点和想法，并且坚持去做，就能实现想要的状态和生活。”之前我对类似的话反感又排斥，了解教练相关的知识后，我开始尝试通过实践来验证它，改变自己。

我不喜欢给自己定目标，因为我认为目标会束缚人的天性，使人失去自由和快乐，无法最大限度地发挥聪明才智。我不是没有目标，而是目标太多，总是不能下决心确定唯一的目标。我不能确定这些目标是一时兴起还是真正的热爱，万一选错行业，未来还要从零开始，并为此付出代价。更重要的是，我缺乏自信和自律，一谈到理想就兴奋无比，然后很快陷入“实现无望”的悲观中。为避免自己成为“空想主义者”，我索性不再关注目标。

教练这个职业重新点燃了我对未来的希望和热情，我决定将“确定人生目标”作为教练的目标。为了体验自己是否适合做教练，并从教练对象的角度体验教练是否真的能给人启发，我决定照猫画虎，进行“自我教练”的同时，也尝试教练他人。

说干就干，我下定决心，必须成长：定目标，了解现状，制订计划，付诸实施。

年度目标：

1. 通过自我教练，找到人生目标。

2. 用写作的方式自我分析。

描述现状：

通过记录和反思重新认识自己。扪心自问：这是我的真实感受和想法吗？我为什么会有这样的想法？这个想法是否阻碍了我？我要改变我的想法吗？我真正想要的是什么？

制订计划：

1. 用教练技术辅导三个人。

2. 每天写一千字。

为了不误人子弟，我决定先找熟悉的人进行免费试验。如果失败，朋友不用承担经济损失，我不用承担心理压力，我们之间也不至于“友尽”。

第一个案例：创业成功

她的目标：

用一年的时间明确公司盈利模式，积累资源，使公司走向正轨。

她的现状：

受人之托，不得不做这个公司，行业和合作伙伴都不是她自愿选择的。

她对行业和公司的前景都不太看好，跟合作伙伴的理念和性格不合，无法完全按照自己的意愿开展工作。

两个孩子的妈妈，每天工作时间有限，精力不足。

为了保证教练过程的完整，我严格按照“目标、现状、计划、行动”的顺序进行辅导。但她总是很难确定一个明确的目标，每次教练辅导都是不同的主题：不满意所在行业，抱怨公司现状，与合伙人发生争执导致情绪波动，孩子生病和家务繁重导致精力不足……这些问题大都是重复的，只是换了不同的场景重复演绎。时间一久，我有些沮丧。教练的目的不是为了实现目标吗？为什么我们大部分时间都在解决心理和情绪问题？

我脑海中反复浮现一句话：“教练辅导只适用于心理健康的人，如果需要心理辅导建议去找心理咨询师。”但是当不谈论工作时，她表现得很正常，我确认她没有心理问题。问题到底出在哪里呢？

看到她被各种无关的事情困扰，迟迟不采取实际行动，我太着急了！作为一个责任心很强的人，我恨不得替她解决所有问题。她对行业不看好，我给她分析行业机会；她情绪低落，我教她如何用正念冥想调节情绪；她睡眠不好，我给她推荐亲测有效的精力管理方法……然而，半年过去了，各项工作执行效果都不理想，年度目标也很难实现。我开始有了悲观心理。

我们的辅导过程因为她要打商标侵权官司中断了一段时间。反思是教练的法宝，在这段时间，我认真进行了自我反思：我认为她的问题，其实是我的问题。

首先，我认为她对自己的事情不负责任，那就是“我不负责任”。我还不够负责任吗？我就差把她的工作全部完成了！我瞬间恍然大悟，原来这才是所有“不对劲”的根源！寻求教练帮助的人必须有自我觉醒的积极意愿，这是所有事情发生的根本动力。而对于她是我主动提出担任她的教练，主动帮助她解决问题，我把在“自我教练”中积累的经验，用在了“教练他人”身上。我既把自己当教练，又把自己当教练对象，剥夺了本该属于她的主动权。我真是太不负责任的教练！

其次，我认为是她不能确定一个目标，导致教练过程如此破碎和艰难。错误的根源是我想要一个确定的目标：我希望教练过程完整和教练结果完美。我把自己的目标置于她的目标之上，违背了教练的原则。对于教练来说，最大的目标是陪伴教练对象跨越成长的障碍；对于教练对象而言，她的目标是她的选择，她永远有确定目标和改变目标的权利。

最后，我觉得她太悲观了，天天盯着负面的事情，有各种负面情绪，看不到任何机会。虽然她很聪明，对形势和政策的分析一针见血，但悲观者正确，乐观者才能前行。教练的基础不就是积极心理学吗？如果不能用积极乐观的心态打破固有的观念，事情不就一直处于黑暗和无解的状态吗？我感到很无力，我还能做些什么呢？

原来不是她悲观，是我太悲观了！我悲观地认为她的问题无法解决，悲观地认为她的悲观不可改变。原来我才是需要积极起来的那个人！她应该能够感受到我的急迫与失望。我通过摆事实、讲道理，劝她走好眼前这条路；在她情绪不好的时候，为她提供调节情绪的方法，而不是给予无条件的理解和接纳；明知道她读书速度很慢，精力很宝贵，还在她身心疲惫的时候给她推荐书籍。

人一旦有了“投入—回报”的算计之心，无论付出的是金钱、时间、情感，还是其他，就都会不知不觉产生期盼回报之心，动作就会变形，好心办坏事大都是这么发生的。是我在她本就不堪重负的人生道路上给她增加了无形的压力。

在最近的一次辅导中，她决定放弃这个创业项目。她再也不想浪费时间做自己不喜欢和不擅长的事情了，她要寻找适合自己的发展机会。

那一刻，她如释重负，我也是。

“适合自己”是多么彻底的觉醒！我不觉得这是浪费时间，人只有努力尝试过，才能知道什么适合自己，才能真正明白发自内心的热爱是多么重要。如果不适合的痛苦能唤醒自我，促使改变，也是值得的。

在接下来的日子里，我希望能够陪她一同进步，我们一起走在成长的路上。

第二个案例：长十斤肉，练出八块腹肌

他的目标：

通过沟通了解，他的健身目标并不是追求外在的身材，而是改善身体状况。经过商议，我们把教练目标改为“身心健康”。

他的现状：

身体亚健康：经常感到不舒服，却不愿意按时吃药，拖延已久，不得不去医院。

生活不规律：吃饭不规律，作息不规律，睡眠质量差，很少运动。

工作压力大，经常处于焦虑状态。

我严肃认真地问他：“是真的觉得健康很重要，到了必须重视的程度吗？”他坦言这些问题一直存在，只是年轻时身体好，一直没有重视。由于拖延太久，问题集中爆发了。不管是为了自己还是家人，都必须重视了。

谈到焦虑的原因，他表示赚的钱不足以让他有安全感是焦虑的根源。我进一步询问：“多少钱可以让你有安全感？”他给出了一个小目标，听完他的目标，我也不由自主地开始焦虑。我认为他应该先解决身体问题，再解决心理问题，毕竟他已经快成病人了。

考虑到他的身心状况，吸取第一个案例的教训，我决定改变教练方式，不定期对他进行辅导，尽量不给他增加额外的负担和压力。他找我时，我就认真倾听，不找我时，我就偶尔问一下，很佛系。

经过沟通，我们制订了具体计划：

治疗：坚持按时吃药，按照计划进行胃镜检查，逐步减少抽烟次数。

运动：每天慢跑两千米，一周游泳三次，每次一千米。

饮食：每天按时吃饭，保证饮食健康。

睡眠：通过药物强制改善睡眠。

第二周，他坚持吃药，开始关注饮食问题，睡眠仍然不太好，运动计划没执行。但他认真在改变，我给予了真诚的鼓励。我询问他没有吃治疗失眠的药物的原因，他表示最近吃药太多，不想额外增加身体的负担。此外，他认为失眠的原因是焦虑，是心理问题，希望我推荐一些缓解焦虑的书。

“是什么样的焦虑呢？”我在脑子里快速寻找关于治疗焦虑的书籍。他描述了导致焦虑的两个关键原因：第一，想要的多，得到的少；第二，对未知的焦虑，不能活在当下。我为他推荐了《精力管理》和《当下的力量》，这两本书很适合他目前的状况。

第三周，他做到了坚持吃药，开始尝试慢跑，睡眠和专注力有所改善，但没有阅读我推荐的书籍。他说自己在手机上阅读小说还行，需要思考的书籍在手机上看不进去，他为此有些沮丧。

“你有没有试过冥想？”我继续帮助他寻找专注当下的

方法。

他曾经尝试过，但体会不到别人描述的神奇效果，难以进入放空状态。

“你觉得自己在做什么事情的时候，能够暂时忘掉生活的烦恼？”

“运动，比如篮球、冲沙。”提到运动，他突然来了精神。但是因为平时工作忙，很少有时间运动。

我尝试寻找其他的突破途径。有一天，我偶然发现他在某个平台的阅读时间排名靠前，比我的阅读时间还长。我翻阅了他的书架，有我推荐的书，但只是开了个头就转去阅读武侠和奇幻小说了。我心想，他这不是有大把的时间读书吗？只是不爱阅读正经书罢了。

我又一次产生了无力感，改变一个人真的好难。无论多有效的工具和方法，如果他不愿意尝试，就没有任何价值和意义。

第四周，他因为家庭琐事暂停接受教练辅导。两个月后，他给我打电话，重新开始健康计划，而且又增加了新的烦恼。

他想成为一位完美的丈夫和父亲，希望通过赚很多钱来提高家人的生活水平。遇到家庭矛盾时，他尽量忍让和顺从，用金钱来解决；如果金钱不能解决，就努力沟通；沟通也无法解决，就选择沉默。而他的沉默又会带来新的问题。他非常痛苦，坦言自己快坚持不住了。

“坚持不住就放下吧，如果放不下，就说明痛苦还不够。”明知道违背了教练的原则，我还是开启了劝导模式。我不想听他一遍遍重复痛苦，在痛苦里陷得更深。

“我放不下啊，这是我人生的全部目标啊，是活着的意义啊。放弃责任和义务，我做不到。事事顺从他们，我也做不到。”

他把赚钱当解药，认为只有足够的钱才能保证生活富足和家庭幸福，结果现在身心俱疲，不得不关注身体健康。当身体稍微好转，就松了一口气，忙着去赚钱了。当他遇到家庭问题时才发现，钱并不是实现幸福人生的唯一条件。好在他已经有了觉醒的意识，从关注身体到关注内心，这就是进步。

向内求需要一颗平和、不功利的心，但他太理智了，很难进入安宁的状态。他习惯用“有用”来衡量一件事情的价值：冥想没用，培养专注力没用。当他认为一件事“无用”时，就很难主动去感受和体验这件事。

继续施展魔法“我看到的他的问题就是我的问题”进行反思。原来是我对于“有用”有执念呢？我觉得阅读心理学书籍是“有用”，阅读武侠小说是“没用”。如果阅读武侠小说能让他获得心灵的平静和喜悦，为什么不可以呢？回想起来，我们应该聊过武侠小说，我用质疑的态度直接打断了这个话题，没有给予他充分的理解和接纳。“有用”是个人感受，而非理性价值，只能由自己定义。只要对他“有效”的，就是“有用”的。教练不能对此持有偏见，更不能将自己的标准强加给别人。

我认为他现在的痛苦是“追求完美”的执念造成的，他既想实现非常高的物质目标，又想实现非常和谐的家庭关系。原来是我有追求完美的执念：我希望他能按照我心目中预期的完美路线行事，达成完美的教练目标。人都是靠自己的觉悟和意愿做选择，谁比谁懂的道理少呢？我们都需要放弃对“完美”的追求，平和地接纳一切，不完美才是生活本来的样子。

这次教练辅导远远不合格：时间不固定，我没管住自己的嘴，给了很多建议。事实证明，人们基本不会听从他人的建议。这次教练过程让我对“给予他人充分的探索空间”有了更深刻的感悟。教练需要在一对一的关系中，破除所有的目的、想象、预判和控制，重视教练对象的每一个情绪感受，全然地陪伴和接纳，使他内心的情绪和能量流动起来，完全信任地由着他自然地把对话引向该去的地方。

第三个案例：正确教养孩子

她的目标：

孩子健康成长的同时有一个好的未来。

她和孩子的现状：

孩子今年初三，马上面临中考。

孩子学习成绩不好，注意力不集中，并且从小养成了“假装努力学习”的生存技能。

初中后孩子开始住校，成绩一路下滑，放假也不出门，整天刷手机。

妈妈痛苦万分，想要改变孩子的现状。

《正念教养》的作者曾建议父母不要通过用捏泥人的方式控

制孩子的每一个动作来达成自己期待的结果，久而久之，孩子会失去自我掌控的能力，停留在虚弱的状态。只有将主动权还给孩子，依据孩子的真实感受做出正确的决策，才能让孩子感受到成长的价值。

原来，正念教养就像教练一样辅导孩子。

“你希望培养孩子的哪些能力？”我拿出本子开始记录。

“既然他学习成绩不好，我希望他起码健康一些，别总玩手机。我给他买的篮球、跳绳、羽毛球，丝毫没有激发他的运动热情。一个大小伙子天天在家玩手机，看着真愁人。”妈妈已经不再过多关注孩子的成绩，而是关心身心健康了。

“他有什么爱好吗？”我想从孩子感兴趣的地方入手。

“他能有什么爱好，天天玩手机。”妈妈皱着眉头，一脸的愤怒。

“那先找到他的兴趣爱好，然后认真询问他为什么喜欢这些东西。”

一周后，妈妈来找我，有些兴奋。“我原来没注意，他喜欢的东西还挺多的。他喜欢运动手表和气垫运动鞋，因为觉得和学习无关，我一直没给他买。上次回家后，我认真问他为什么喜欢这些，他说可以促使自己关注身体，监督自己运动。我听完立马下单给他买了。如果两件物品就可以让他恢复生机和活力，为什么不试试呢？”

很多孩子不是没有兴趣，而是被父母否定和压抑了而已。父母习惯性地根据自己的价值观做出判断，如“和学习无关的东西就是没用的”，已经使孩子不敢再有期待。

“还有其他的吗？”我继续追问。

“我给他买了很多名著，他只是装模作样地翻翻。我以为他不爱读书，后来发现他喜欢漫画，甚至把漫画书拿到被窝里偷着看。”

“你给他买过漫画书吗？”

“没有，作业都写不完呢，哪有时间看漫画。”

我又自作主张，推荐了一些历史类、成长类的漫画书。漫画是一种表现形式，本质上与语言文字、数字符号并无差异，为什么要阻止一个人从漫画中寻找到快乐呢？万一漫画是开启他兴趣爱好之门的钥匙呢？

“你觉得他有画画的天赋吗？”

“当然没有啊，你看看他的画。”妈妈拿出手机给我看。

那是老师留的作业，让孩子通过画画表达对医务工作者的敬爱和对战胜疫情的信心。虽然看上去并不精致，也没有艺术感，但我还是发现了一个特别形象的小孩，他佝偻着背，歪着脑袋，两只手像木偶一样垂着，很沮丧的样子。

我指着那个小孩给妈妈看：“你看看，这个像谁？”

妈妈忍不住大笑起来：“这个虽然画得很丑，但一眼就能看出是我的儿子，他平时就没精打采的，说了很多遍也不改。”

我也忍不住笑起来：“他很有画画的天赋啊，他画的是自己的内心，很传神。”

妈妈有所触动：“那我就买一些漫画书试试。”

过了两个月，妈妈兴奋地告诉我，因为有了运动鞋和手表，孩子外出跑步的意愿增加了，也愿意主动找同学玩了，明显开朗了很多。他开始喜欢学习历史，应该是漫画书起了作用。

又过了一个月，我见到了妈妈和小男孩。案例中的妈妈就是我的姐姐，而小男孩是我的外甥。外甥马上就要中考了，我有些焦虑，专门抽出时间来辅导他。我问他在做什么，他说在做英语试卷。我主动提出和他一起做，教他一些做题的方法和技巧。他犹豫了一下，答应了。

他的英语基础很差，很多简单的单词都不会。我一边教他，一边忍不住数落他。他有些着急，说："小姨，这样辅导太慢了，我一上午也做不完一套题。"

"如果你把题目都做错了，做完又有什么用呢？你马上就要考试了，你现在最重要的任务不是完成作业，而是要在短期内考出更高的分数。"一个马上中考的学生居然还在为完成作业而努力，真为他悲哀又难过。

姐姐下班回家后，我又忍不住数落她一顿："我说让你给他自由，可不是完全不管啊，天天为了应付差事学习，他现在自欺欺人的状态多么可怕，以后怎么办呢？"

姐姐说："我总结出规律了，我一管，他就糊弄我，明里一套暗里一套，我担心他养成弄虚作假的习惯，所以干脆由着他了。我不管的时候，他的成绩会更好一些。"

我沉默了。是我主动提出来给姐姐做教练的，要带她体验"培养孩子自主成长"的教育方式。姐姐还在坚持，我却瞬间破功了。假装与真心是掩饰不住的，我确实希望他做一个快乐、有自主能力的孩子。我尽量和他平等交流，正向鼓励他，但我把这当成了培养方式，而不是培养目标。因为我固执地认为：在这个世界上，成绩不好的人就不会有好的未来。

继续施展魔法“我看到的他的问题就是我的问题”进行自我反思。“如果题目都做错了，做完又有什么用呢？”是的，如果他的人生选择错了，坚持走完又有什么意义呢？我还指责他自欺欺人，我何尝不是呢？我认定学习是他最好的出路，逼一个不爱学习的人好好学习，同样也是自欺欺人。

我不相信成绩不好的人能有好的未来，我不相信他顺着自己的天性发展能有大的成就。这种想法通过行为和语言不断传送给孩子，压抑了他的自信和发展。他才16岁，本该是向阳生长的最好年纪，我为什么宁愿相信成年人可以拥有无限潜能，也不愿意相信一个孩子同样可以拥有无限潜能呢？就因为他是我的亲人吗？

这些经历让我对教练有了更深的认识，它不单是职业，它背后更蕴含着生活哲学和智慧。我们习惯用自己的经验给他人建议，反而压抑和阻碍了他人的发展。每个人都有与生俱来的使命，教练的使命和价值是用无为之法帮助每个人顺应各自的本性自由发展，活出他们期望成为的样子。让自己成为自己，让别人成为别人，这也是每个人一生的功课。

从孩子身上，我看见自己还没有建立终身成长的信念。我能给予他最大的爱，是帮助他培养真实的自我，挖掘兴趣爱好，给予他更多自我探索与发展的机会。“知者行之始，行者知之成”，当我真正把终身成长的自由还给孩子，陪他走上践行之路时，我才真正开启了自己的终身成长之路。

在教练的过程中，我深刻体会到，“懂很多”反而成为探索真相的障碍。当我以为自己“懂很多”的时候，就已经和真正的答案无缘了。我通过写作觉察过往人生经验带给我的偏见，监督我保持“无知”的状态，帮助我从自我内耗和混乱中走出来，分辨清楚情绪与思维的界限、自我与他人的边界。当我努力保持空白和无知时，我感觉自己的某个开关被开启了，灵感和智慧源源不断涌向我。

实践这些计划的过程奇妙又漫长，有走出舒适区的艰难：早起、少吃、每天按部就班地读书和写作、听别人重复他们的烦恼和痛苦、抑制自己给别人建议的冲动，能够坚持下来真是太不容易了。但我收获了很多新鲜的体验，像回到小时候一样新奇与兴奋，生活中所能感受的一切都更加真实。在自我教练和教练他人的过程中，我明确了终身成长的人生理想。我可以从事管理咨询、教练、写作，以及一切可以获得成长体验的工作。我不但没有失去自由，反而获得了更大的自由。

第六章

轻舟已过万重山

在清理成长道路上的障碍、实现理想的过程中，对我们限制最多的情绪是恐惧，对我们限制最多的认知是不相信、二元对立与有限的思维方式。这些情绪和认知像冰山一样根深蒂固，需要一次次地觉察和化解，千百次地将自己拉回当下的热爱与平静中。热爱是生命的主题，当下的平和与喜悦是对准生命源头、获得无限力量的重要方式。

用热爱超越恐惧

在追求人生理想的过程中，我们常常被未知的恐惧束缚，徘徊不前。恐惧是大脑设置的自我保护机制，通过思维来控制我们。情绪是改变大脑最强大、最迅速的工具。积极的情绪能够刺激大脑皮层的成熟，激活大脑更多的神经元，形成新的脑回路，提高创新能力。热爱能将大脑从“撤退模式”调整为“点燃模式”，帮助我们跨越大脑设置的各种“恐惧”障碍。

小时候，内在体验的“小孩”成长得很快，我们很容易找到喜欢的事物，并投入热情享受其中的乐趣。在教育和工作经历的影响下，思维在学习和思考的锻炼下日渐长成“大人”。我们的观念越来越稳定，越来越依赖“思维”这个表面的“大人”进行理智的思考和决策。当“内在小孩”表达真实感受时，会遭受反对、指责，甚至恐吓。“内在小孩”被理智创造的小黑屋牢牢困住，悲观、恐惧地生活着。只有给予“内在小孩”足够的时间和耐心，允许他表达真实情绪，才能帮助他恢复信心和勇气。

我决定重养一遍“内在小孩”：无论贫穷或富有，无论顺境或逆境，我都愿意支持你、保护你，毫无保留地深爱过去、此刻与未来的每一个你，陪伴你实现人生理想。

奥斯卡·王尔德说过，爱自己是终身浪漫的开始。为什么只有学会爱自己，才能懂得如何去爱别人？因为现实中的爱大都是有条件的，一旦条件发生变化，双方就会在相互索取和指责中将爱扭曲，甚至将爱的力量消耗殆尽。当我们缺乏爱时，我们能够给予别人的只有索取和控制；只有当拥有富足丰盈的爱时，我们才能无条件地接纳和包容，不计回报地去爱别人。

当我选择爱自己时，我开始关心和照顾自己的身体，它是我最忠诚的伴侣。我用自然健康的食物喂养自己，保持饮食规律，不暴饮暴食。我保持良好的作息规律，摒除世俗的纷扰，坚持好好睡觉，尽量不透支身体。

当我选择爱自己时，我每时每刻都在觉察自己是否快乐。因为人越快乐，经脉越通畅；人越快乐，免疫力越高；人越快乐，创造力越强。我通过沉浸于大自然、阅读、写作、冥想等愉悦身心的爱好来滋养生命，保持生命的鲜活和灵动，重新感受生活的美好和希望。

当我选择爱自己时，我选择无条件地接纳自己。我曾经对“内在小孩”极尽苛责，责怪她总是失败，一事无成。“内在小孩”带着一些迟疑和抗拒，还不太敢向我敞开心扉。我愿意给她足够的时间，邀请她聊聊心中的痛苦和委屈。每个人都不完美，她有很多缺点：恐惧、逃避、拖延、懒惰……她也有很多的优点：善良可爱、勤奋上进、乐于助人、积极乐观、谦卑温柔、简单淳朴、幽默风趣……我愿意无条件接纳她的一切：一切的念头、一切的情绪、一切的行为，无论是积极的还是消极的，无论是正确的还是错误的。“内在小孩”从理解和接纳中获得了力量，开始诉说心中的恐惧和痛苦。

“内在小孩”积压已久的恐惧源自匮乏：因为缺乏安全感而拼命努力，因为缺乏自信而委屈压抑，因为缺乏爱而控制索取。我看见恐惧的根源，开始深层疗愈“内在小孩”。

因为性别和长相的缘故，我一直有着“自己不够好”的心理漏洞，一旦有人给予“你很好”“你值得被爱”的肯定，我就会无意识陷入证明“自己不够好”的怪圈。工作时，我会努力反思“自己能为别人带来什么价值”，过度理想主义使我用力过猛，在现实中不断遭受挫败。谈恋爱时，我会努力寻找“他并不是真的爱我”的证据，直至控制过度，将对方推开。

我对“内在小孩”说：“你因为自己是女孩而自卑，因为自己不够漂亮而黯然神伤，你无法改变这些，只能拼命努力，证明自己很优秀，值得被爱。‘用外界标准来证明自己’这条路到底有多辛苦，没人比你更清楚。对不起，是我不愿意接纳你的平凡，总是责怪你不够优秀。工作的失意和失恋只伤害了你一次，我却在无数个回忆时刻继续责问你为什么不能经营好一段关系，为什么不能坚持一份工作。是我让你承受了这么多痛苦和委屈，请原谅我。”

我对“内在小孩”说：“虽然你没有取得世俗意义上的成功，但你非常勇敢地坚持做自己，从未放弃寻找人生理想，这是多么宝贵的人生财富啊。你不必通过证明自己来得到爱，当你一无所有的时候，不是得到过很多人无条件的爱吗？他们爱你并不是因为你的成就，而是因为你的善良可爱、真诚有趣……你本身就是值得被爱的，永远不要为了迎合别人而委屈自己，永远不用担心分别，因为我会永远陪着你，永远爱你。”

恐惧会阻碍我拥有自认为“不配”的东西。我对“内在小孩”说：“你已经非常努力了，别太在意世俗的结果。如果现实的结果不是你所期望的，那一定是有更好的安排。你已经从写作中重新找回生活的乐趣了，每个人都应该从‘更有趣’而非‘更有用’中找回信心。当你开始热爱和享受生活时就会发现，你配得上拥有所有美好的事物。”

我对“内在小孩”说：“女性不一定非要拥有角斗士般的勇气和力量，你不必用强硬去对抗这个世界。你拥有着像大地一样孕育生命和滋养万物的创造力和独特魅力。当你充满无限悲悯与丰盛，当你足够谦虚与智慧，当你能够完全接纳生命中的一切、完全敞开自我拥抱自己的热爱时，你就能够拥有源源不断的创造力，发挥自己的独特魅力和价值。”

当我直面曾经的伤痛和遗憾，给予自己完全接纳和充分理解，深度疗愈冰封的情绪，“内在小孩”在哭泣中释放了压抑和委屈。我用无条件的爱一次次将自己从无助与痛苦中解救出来，而后平静地与过往的经历和解，为过往画上圆满的句号，迎接美好的新生。

真正的爱是取悦自己，而不是讨好别人。在不伤害他人的前提下，先学会适度“自私”，以自己的感受为主。因为“内在小孩”的力量还很弱小，我们要远离所有消耗我们的人和事，保护好自己的能量，这是自我成长中的必经之路。

当意识到只能自我拯救时，“内在小孩”可能会愤愤不平，为什么受伤害的是我，承担改变责任的还是我？受害者心理也是恐惧心理在作祟。它只会让我们在恐惧和愤怒的泥潭中越陷越深，将内在能量消耗殆尽。所以，即使不得不面对改变可能带来的恐惧和痛苦，我们也必须勇敢地迈出改变的第一步，否则将永远无法走出孤立无援的境地。

真正要付诸行动的这一刻，又有人开始感到恐惧。他们觉得时机还未到，他们要等赚到足够多的钱，等孩子长大，等退休，等自己对现状实在忍无可忍。等待完美时机也是大脑为了追求安全感玩的把戏，我们要理解大脑并且接纳它。

武志红老师说过，目标完美主义者追求结果的完美，过程完美主义者追求过程和结果的完美；过程完美主义者希望做事一步到位，一步也不能多，一步也不能少，一步也不能错。所以过程完美主义者做事的难度是目标完美主义者的数倍。想象一下，我们在平坦的大地上自然地向前走十步，即使闭着眼睛，也会感到安全和踏实。如果把刚才走过留下的脚印外的平坦大地替换成万丈悬崖，我们就再也不敢踏出任何一步，因为毫厘之差都可能让我们付出粉身碎骨的代价。“悬崖”就是大脑制造的“完美主义”陷阱，是阻碍前进的“纸老虎”。

我们可以通过积累知识了解要做的事情，使未来的图景不断清晰，让大脑清楚地了解未来要面对的是什么。我们可以尽量全面列举出问题，并将目标细化到最简单的、可执行的程度。我们可以从那些马上可以开始、不费力的地方入手，让大脑充分适应新的情境。教练就是凭借这样的方法，充分安抚大脑对未知的恐惧，顺从大脑追求完美主义的惯性。

愚昧也是产生恐惧的源泉，无知者无畏，知而深深畏，大知者无畏。无知者无畏发生在儿童自我探索阶段，这个阶段的孩子对世界充满好奇心，没有什么畏惧。当我们有了一点点知识，开始“知而深深畏”。知识是思维的产物，知识积累得越多，我们就越不敢轻易改变和尝试。要真正做到无畏，需要具备大智慧。正如斯宾诺莎所言：“心灵理解到万物的必然性，理解的范围有多大，它就在多大的范围内有更大的力量控制后果，而不为它们受苦。”

这个大智慧即宇宙的本质和生命的自性。对于个人而言，充分发挥天赋使命即为大智慧。请给自己一点耐心，聆听宇宙给予内心的最高指引。当你既不期待得到，也不害怕失去，只想义无反顾地追求热爱的理想时，就会充满爱、智慧和勇气。

恐惧并不可怕，恐惧和我们玩的是一场“抗拒”和“允许”的游戏，当我们抗拒它，它就不断地吓唬我们；当我们允许它发生，它就像水和空气一样自然地流走了。只有全然地接纳，允许一切发生时，才能在轻松愉悦中真切地体验到：爱是一切顺遂的祝福，不是事事如意的控制。凡是我们想控制的，最后都控制了我们。只有放下一切控制，才能拥有爱和自由。

每一个恐惧的背后都藏着成长的秘密钥匙。只要保持探索真实自我的热情和动力，深入了解各类恐惧背后的深意，一次次化解它、跨越它，就能获得丰厚的奖赏和成长的力量。

在众多值得探索的领域，都有志同道合的人开辟了道路，那是人类灵魂自始至终所热爱的。你可以沿着书籍铺就的道路，追随作者的脚步，感受达到梦想彼岸的幸福。当热爱跑步的人读到村上春树的《当我谈跑步时，我谈些什么》时，享受“我跑故我在”风一般的自由，在呼吸中感受自我，也毫不避讳跑步中体能耗尽时无端的怒火。因为热爱，所以接纳跑步中的一切，并且在跑步过程中自我疗愈，接近自己，拥抱自己。

如果还不曾有人记录这个过程，那就要恭喜你了，你可能就是那个开辟道路的人。请在探索的过程中记录每一个真实的感受：你的踌躇，你的不安，你的痛苦，你不顾一切的勇敢，你无法停止的爱……然后让它成为其他爱好者的行动指南，就像通关游戏的秘籍。

《女性的觉醒》一书提醒我们：只要“快乐”需要和其他条件捆绑，那么即使它是有用的，我们仍然会受制于它，这种快乐是麻药，不是解药。凡是需要依赖某一外在物质和条件才能获得内心欢愉的都是麻药，只有无条件地热爱才是唯一的解药。

我在寻找生命意义的过程中放下对外界、对自己的评判和控制，直面并化解内心的恐惧。当我放弃一切并寻找答案时，内心告诉我：寻找的过程就是答案。我们如何通过热爱的方式解决自己的痛点，就如何创造价值给这个世界。当我们输出价值和爱给这个世界，世界也会回馈我们更多的能量和爱，源源不断。我仿佛看到：待到自己足够强大，我会像黎明前的太阳一样，逐渐跃出地平线，最后光芒万丈，照亮身边的人。我们一起大声欢笑，宛如置身天堂。

如何走出现实的泥潭呢？当下的困境就是最好的出路，请放弃依靠外界的求生期望，借助天赋使命沉浸在美好的体验和创作中，感受生命的活力和轻盈感。充满热爱的天赋使命是生命的种子，恐惧和痛苦是生命的养分，我们要在泥潭里生根、发芽、开花、结果，长成一株莲花。我们要始终相信：心中若有爱，处处莲花开。

相信信仰的力量

正能量文章可以传递真挚的感情，引导人们走出困惑和痛苦，给人勇气和信心。但我们要警惕成功学鸡汤，它会让人在短暂的麻痹后变得虚幻无力，陷入习得性无助的痛苦中。彼之蜜糖，吾之砒霜，这就是为什么人们不喜欢大道理和成功学鸡汤。

像我这样缺乏信心和意志力的人，远离成功学鸡汤意味着自我麻痹的机会都没有了。我决定寻找能够让自己安身立命的信仰，建设精神家园，为自我成长提供坚实的依靠。有人认为只有宗教才算信仰，其实不然。孟子曰：“学问之道无他，求其放心而已矣。”只要能安顿我们心灵的，都可以成为求学问道的信仰。我们要在这个喧嚣的世界里找到确信无疑的“信念”来安放漂泊不定的心。

《遥远的救世主》中，作者借用一个“扶贫贫不离”的故事展示了在弱势与强势文化的较量中，依赖救世主的弱势文化最终失败的事实。具有依赖性的弱势文化容易造就弱者，扶不起来的硬扶，到头来会摔得更惨。“天行健，君子以自强不息”，只有顺应规律和天道的强势文化才能造就强者。世间从来就没有“救世主”，如果一定要讲“救世主”，那么符合和代表客观规律的文化就是“救世主”。真正救人的是天道，是人的觉悟。正如《国际歌》中写的：“从来就没有什么救世主，也不靠神仙皇帝，要创造人类的幸福，全靠我们自己。”

但为什么依赖“救世主”的弱势文化更为流行呢？因为期望“救世主”的信仰更易学、易懂、易用。把苦难抛给他人能即时得到当下的解脱，把希望寄托给他人能免于对自己苛责的痛苦。我们自出生起便无意识培养的向外求的强大惯性，使人认为只有抓住外在的某样东西，才会有安全感。顺应规律与天道需要强大的勇气和自制力，需要向内、向上获取能量。踏上自强不息这样一条布满荆棘的路需要日复一日地坚持，经历脱胎换骨和浴火重生，才能获得“天道酬勤”的救赎。

《了凡四训》的袁了凡先生受云谷禅师“命由我作，福自己求”的启发，认识到对待命运的态度应该是“勤勉修身”并且能“安心等待”，是竭尽所能之后的放心，是在困境中保持平静的淡然。他坚信“积善之家，必有余庆”，将善作为一种信仰追求，心存敬畏地修行。他用实际行动向人们证实：命运并非天注定，而是由自己的信念和行为决定的。

原来信仰已经融入生活，变成朴素的价值观和处世智慧，但我们对信仰的认知却停留在“日用而不自知”的层面。“尊老爱幼”“行善积德”“仁义礼智信”都是我们努力追求和践行的美德。可惜的是，当信仰变成被动的道德规范时，信仰本身强大的智慧和力量也许受到了一定的限制。

信仰是绝对的，没有任何附加条件。任何将信仰当作工具和手段，背后还隐藏其他目的的都不算真正的信仰。信仰是自由意志的选择，将信仰作为手段控制他人，是罪恶的；将信仰作为“救世主”，企图获得救赎和回报，可能会陷入诱惑与痛苦的深渊。

我希望信仰能够让我拥有爱和慈悲，保持巨大的耐性和持久的乐观；我希望信仰能够带我认识真理，洞悉事物的本质，拥有无穷的智慧；我希望信仰能够让我摆脱外在的困扰，让心安住在当下，感受生命的轻松和自在；我希望信仰能够让我勇敢面对并不断修正自己，克服外界的一切困难，拥有创造幸福生活的无限勇气和力量。

当我踏上探索生命意义之路时，我放弃从外界获得爱和安全感，放下不必要的物质追求，通过断舍离让自己摆脱自我否定和患得患失的内耗。原来，“天人合一”的休养生息才是身体获得能量的关键，过多的物质不仅不会增加安全感，还会培养贪念，消耗生命能量。我通过阅读和写作，逐渐克服成长过程中的恐惧、恋爱关系中的依赖和人际关系中的拉扯，收回全部的能量来疗愈自己、爱自己。在自我觉察的过程中，我体会到最神圣、最伟大的爱源自爱自己：接纳一切的包容、不求回报的无私奉献和永恒的陪伴。

当我踏上探索生命意义之路时，我放弃从外界获得认可和价值感，放下对短暂成功的执着，放下对短暂失败的痛苦，将自己从“我执”的藩篱中解救出来。原来，我努力追求的“认可”和“价值”是内心最欠缺的部分，我在证明自己的过程中忽视了生命中更热爱的事情。当我不在乎外界的评价，选择用喜欢的方式尽情绽放生命的热情和快乐后，我终于明白：活着最大的价值在某种程度上就是按照自己喜欢的方式，做自己喜欢的事情，成为光芒万丈的自己。

当我踏上探索生命意义之路时，我放弃从知识和经验中获得智慧，将自己从主观评判的枷锁中解放出来；我放下对权衡与控制的执着，将自己从“有用”和“工具”的浩瀚大海中打捞出来。原来，我努力追求的知识大都是术，而不是道。我放下求索与控制之心，平静地接纳着世间的安排。我终于明白，外在的一切都是帮助我看到内在的自己，我通过“我看到的别人的问题都是自己的问题”的觉察游戏，不断修正与提升自我，关于自我真相的智慧之泉源源不断地涌向我。

当我每天都在思考如何能让自己更有信心和力量时，《吸引力法则大全集》来到了我的视野中。《吸引力法则大全集》认为：你心里想什么、认定什么，就会吸引什么。我们相信什么，就会召唤什么；我们相信什么，就会不由自主地聚焦什么；我们相信什么，就会努力去创造什么。当我通过信念、思想和行动不断与信心和勇气连接，我收获了更多的信心和力量，这就是信仰和积极意念的神奇力量，是心想事成的秘密。

当我放下外在的束缚，通过觉察和疗愈收回自己的能量后，我拥有了超越世俗无常的平静与自在，感受到内心无限的勇气、智慧和爱。原来，本自具足的圆满就是我的信仰！安全感、富足感、价值感都只在内心。吾性自足，不假外求。

我坚定地相信：只要在平静与耐心中践行人生理想，我一定能够指挥心中的千军万马，实现从必然王国走向自由王国、从相对幸福走向绝对幸福的儿时梦想。

我们接受教育的意义之一在于确定人生信仰和理想：相信人类在漫长的历史中总结出的关于真善美的智慧，树立“无私奉献”的人生理想，通过践行“利他”的事业，完成一次真正意义上的 “知行合一”的考试。

但是为什么践行“利他”理想的人寥寥无几呢？因为很多人企图通过外在物质和标签证明自己，耗尽毕生的时间和精力弥补认知和情绪漏洞带来的匮乏和恐惧。唯有本自具足的内在圆满可以帮助我们摆脱一切外在的诱惑和困惑，保持内心的真诚与善良，更笃定、更纯粹地投入“利他”的人生理想中。当我们真心为别人带去希望、愉悦、美好时，“利他”成为一件无须期待回报而自然回报的事。爱出者爱返，福往者福来，我们所付出的一切最终都会流向自己，实现人生理想只是所求皆如愿、所行化坦途的必然。

《早起的奇迹》的作者每次动笔前都会首先想象自己轻松愉快地享受创作过程，想象自己最终取得的成果——人们读完这本书后对它爱不释手，甚至奔走相告。通过这一系列没有压力和恐惧的想象，他变得干劲十足，轻松地克服了拖延症。如果我们想要实现人生理想，必须每天花一些时间和精力，想象自己成功的景象：我们站在聚光灯下，接受他人的鲜花和祝福。尽管我们很紧张，说话也不那么流畅，但他人总能给予我们善意的微笑。类似的美好画面在脑海中不断地演绎，就像这些美好已经在我们生活中出现过，就像这些美好马上就会到来。我们如此笃定地相信这些美好，行动更加迅速起来，并配合大脑的期望进行调整和改变，就像马上要实现梦想那样快马加鞭，日夜兼程。

当我对本自具足的内在圆满更加笃定时，我坚定地顺应自己的天性，选择自己最热爱的写作和教练事业，让自己生活在更加平和、更加喜悦、更高自我觉知的状态之中。快乐是我们与生俱来的天性和权利，用最热爱、最适合的生存方式探寻生命的喜悦，既是我们的天赋使命，也是我们不可推卸的责任。

当我对本自具足的内在圆满更加笃定时，未知和迷茫再也无法吓到我。信仰仿佛一个巨大的玻璃栈道将我稳稳地托住，即使身处深渊上方也毫不畏惧。当明白生命的意义是内心的幸福而非外在的拥有时，我再也不担心迷失方向，即使闭着眼睛也能找到回归的路，那是我的精神家园，是属于我的世外桃源。

安定在当下

尽管理想如此令人兴奋和激动，我有时仍难以控制思维的纷繁跳跃。我的心不仅被外在的事物牵扯得支离破碎，也被不幸的过去、无法安定的当下和迷茫的未来摆弄得游离不定，于是把精力白白浪费在“无法安定在当下”的慌乱中，不能全神贯注地投入要做的事情里。

“不停向外求”是我们从小养成的习惯，我们习惯从横向的、外部的物质和关系中汲取能量。而“安定在当下”能帮助我们练习向内观照，保持内心的纯粹，实现身心灵纵向的合一。

我们只要将对外界的认知和感受重新回归内心，就能获得新的心得体会和更广阔的认知视角。在回归内心的觉知练习中，我们要让认知和感受固守内心的喜悦和平和，不让它们为物质和精神所牵绊，不让它们随外界的变化而摇摆。我们也要带着当下的觉知反思过往，找出对我们造成限制和痛苦的认知障碍，打破过去的束缚，重新设计未来的愿景和方向。我们要通过觉知的练习，将外在与内在，将过去、现在和未来，统一在当下平和而清醒的觉知中。唯有不断地坚持如此，才能逐渐超越外界和时间的束缚，保持当下的专注。

《与神对话》中的年轻人抱怨自己向神祈求金钱却没有得到回应，自己依旧一贫如洗。“神”揭示了人们总是“得非所愿”的原因：“我们看到了这种对待金钱的好恶交织的态度。部分的你拒绝金钱，而部分的你则为缺乏金钱而怨憎……所以你的财运时好时差，因为你对金钱时喜时厌。”世界是充满矛盾的，但矛盾中蕴含着巨大的真相。只有坚持不懈地去伪存真，才能发现并坚定地捍卫真正的理想。

《当下的力量》提醒我们，不能由着知觉被二元对立带偏，深陷二元结论中对任何一方沾沾自喜或痛苦万分。我们的很多烦恼都源自二元对立：真与假、对与错、快与慢、多与少，只要存在评判和区别之心，就会产生攀比、嫉妒等负面情绪，导致失眠、高血压等各种疾病，消耗能量，使我们很难专注于当下。

如何跨越二元对立呢？可以从提升高维认知开始。我们要摆脱依靠低维认知解决问题的思路：执着于解决问题、追求方法论的较量、最大限度地追求个人利益。我们要练习高维认知的解决思路：提升能量和意识维度，将问题和外在一切当作提升能量的助缘，不计回报地服务他人。在高维认知中，一切发生皆有利于我，所有发生都是成长道路上的祝福。

当我们怀着包容、接纳和爱的高维认知去改变自我、化解问题时，是非对错与权衡算计的问题会越来越少；当我们怀着计较、抗拒和恐惧的低维认知去解决问题时，是非对错与权衡算计的问题会越来越多。

如何跨越时间呢？既要顺其自然地接纳生命中的一切，又要觉察自己的限制性信念。宇宙规律是白昼与黑夜、春夏秋冬的自然呈现，我们只需要顺其自然地接纳这一切，该播种的时候播种，该浇水的浇水，接下来就是自然生长，等待成熟。在实现梦想的道路上，当下的一切呈现都与我们的能量频率相匹配，如果在实践理想的道路上遇到困难，我们需要觉察自己的限制性信念，打破主观判断带来的困惑和焦虑。我们要将宇宙规律与自由意志融合在当下“追求梦想的喜悦与快乐”中，体验无时间感。时间不是外在的存在，而是与成长和快乐合为一体，成为理想的一部分。

跨越时间最大的法宝是耐心。只有保持当下的无欲无求，耐心才会自然而然地到来。耐心可以安抚内心普遍存在的急躁和不安。急躁和不安的背后是愤怒，愤怒是一种强大的负能量，它不希望事物顺其自然，并为此怪罪自己、怪罪别人、怪罪外在的一切。只有明白宇宙规律，才能顺其自然地保持耐心，再也不必为此消耗能量。

《正念：此刻是一枝花》向我们展示了如何通过正念来探索生命深不可测的奥妙。正念不是正确的念头、正义的念头、正常的念头，而是所有的念头，无关好坏，它们背后都是情绪的真相。我们要深入生活，面对那些不愿意面对或者回避的问题，正视自己的每一个念头。我们要看见念头背后的意图，将自己从对外控制和索取中解救出来，转为内在的自在与喜悦。每个生命都是小宇宙，蕴藏着巨大的能量和智慧。我们只需要相信，向内觉醒，极致专注，无数条光明出路将为我们呈现。

生命终将走向内在与外在的合一。外在所有的呈现都是内在能量的显化，我们要不断觉察，从外界和他人身上觉察自己的认知和情绪。

生命终将走向道术合一。道是规律和趋势，术是工具和方法。只有顺应规律的工具和方法才能推动人类的进步。

无为才能无不为。当我们放下评判、辩驳与自我欲望，将自己固守在心中不变的那个平衡点上，保持当下如宠辱不惊的平静，才能接纳生活中的一切，将其转化为内在的力量，体验生命的美好、智慧与创造的完美状态。

生命终将走向知行合一。知是内在的行动，行是外化的观念，唯有时时觉察我们的念头和行为，才能不忘初心，将认知和行动统一在践行理想的道路上。

为了锻炼“安定在当下”的能力，我们需要在日常生活中不断练习。我们吃饭时，感受举箸夹物时胳膊肌肉轻微地伸缩，感受手指来回摆动带来手心的温热，感受食物在唇齿间被咀嚼的瞬间，牙齿与食物触碰的声音，感受食物爆浆与唾液混合形成的熟悉味道。我们走路时，感受迈出每一步时手臂自然的摆动，深深地呼吸，脚后跟着地，前脚掌着地，脚后跟抬起，带动前脚掌抬起。我们加快脚步时，手臂摆动也在加快，我们放慢脚步时，手臂摆动也会放慢。我们要全身心地投入当下的生活，不被任何事情牵绊和阻碍。生命的喜悦只有不和任何外在的条件捆绑在一起，才会安然和自在。生命的美好、智慧与奇迹，就在这一个个瞬间中开始生根发芽。

当我写作“安定在当下”时，我经常在入睡前进入无意识地写作状态。各种奇思妙想如奔腾的河流一样缓缓流过，如吹过的风一般温暖舒适，如天上的星星一样清澈而明亮。如果我只是沉醉于享受这些奇思妙想，它们很快会像梦境一样消失得无影无踪。我必须在无意识中果断地抓住它们，然后拿起笔记本快速记录，才能不让它们逃走。那些流走的思路太美好了，以致我偶尔会厌烦自己的文字，觉得它们束缚了我的思想，未能表达出美好灵魂的万分之一。

当我拥有了“安定在当下”的能力，高维自我可以随时降临在生活中的任何场景。当我悲观迷茫、自我怀疑时，高维自我笑着拥抱我，展示未来美好的样子，鼓励我继续前行；当我加班熬夜、气急败坏时，高维自我拉着我停下来，提醒我，只有心平气和、顺其自然才能拥有心想事成并化解问题的智慧。

生命是不断探索的过程，过往经验不能再指导未来的生活。我们要不断清空过去的经验和认知，放下自我评判和自我设限，将自己置身于当下无限的旷野和空白的清净中，用顺其自然的态度调整自己，好奇与热情地迎接生命中即将到来的一切。

人如何度过当下，就能如何度过一生。当下是希望、智慧与勇气的入口。人生最幸福的事，莫过于活在践行人生理想的热情中，潜入无时间的世外桃源，接受自然给予的灵感和启发。当我们内心喜悦自在，人生理想和一切美好的愿望会迎着阳光、雨露和微风的滋养，与内心一起，成长为参天大树。

人生是一场无限游戏

大多数人都热衷于玩游戏，却不喜欢自己的生活。如果把游戏的快乐秘诀用到生活中，像玩游戏一样“沉溺”于生活，是不是就能够生活得轻松快乐了？

我喜欢的游戏大都是单机版，独自打怪升级。在《愤怒的小鸟》中，为了打败偷走鸟蛋的小猪，我扮演了正义使者的角色，化身弹弓手，将小鸟作为武器发射出去，摧毁小猪的堡垒。红色小鸟能消灭绿猪，蓝色小鸟能分裂成三个身体，黄色小鸟能攻击木头，黑色小鸟能炸毁石头……猪头爆炸的瞬间令人无比畅爽，所有的压力也烟消云散。《保卫萝卜》也用同样的方式俘获了我。打怪兽是充满正义感的、有意义的事情，我通过设置炮塔，使用瓶子、炸弹、太阳花、减速风扇、火箭等各种功能不同的道具，对抗飞行怪、BOSS等不同攻击能力的怪物，在一波波轻快又魔性的攻击音效中释放压力，收获胜利的快乐。获胜赚得的宝石可以兑换道具，对抗更强大的怪物，解锁游戏地图。在游戏中，没人会攀比谁的宝石多，宝石只是用来实现终极目标的工具，游戏的终极目标是解锁全部地图。

我惊奇地发现：自己所钟爱的游戏与所热爱的生活方式

竟然不谋而合！游戏中我喜欢一个人打怪升级，炸毁障碍物，消灭邪恶，取得公平和正义的最终胜利。生活中的我喜欢独处和思考，发现自己的认知和情绪障碍，清除自我设限的部分，在自由与喜悦的体验中解锁人生地图。

我曾见过一个孩子痴迷于游戏《我的世界》。他在游戏中建造农田、动物园、厨房、过山车、海底隧道等各种场景。这是他自由创造的世界，每天都可以建造新事物，也可以随时摧毁不喜欢的事物，再重新建造。这也许和自己小时候玩捏泥人的乐趣类似吧，只是在科技时代，他可以借助电脑发挥更大的想象力，享受造物主一样的创作乐趣。

有位朋友曾经沉迷于“斗地主”。她很在意输赢，游戏时会认真记牌，思考出牌的策略，所以她赢多输少，分数和排名都比我高。但她现在已经不“斗地主”了，因为她热衷的是与真人竞争，显然游戏不能满足这个需求。

游戏是一种主动的、纯粹的快乐。游戏的最大魅力在于，它是自由意志的体现。尽管我们不得不遵守游戏中的全部规则，但仍然在游戏中有着完全的自由意志。我们可以决定开始一场游戏，决定游戏中的每个动作，也可以决定结束一场游戏。自由是快乐的源泉，我们所热爱的游戏是热爱与自由的完美结合。

喜爱游戏，甚至游戏上瘾并不是一件如临大敌、无可救药的事情。对游戏的热衷里蕴含着关于自己的秘密。我们若能找到一个人所沉迷游戏的共性特征，就能借此了解他的价值取向、思维方式和生活态度。有人“沉溺”于游戏之中，获得快乐升级的奖赏；有人努力赢得游戏的胜利，获得名利和其他的奖赏；有人通过团队协作，赢得团队荣誉的奖赏；有人埋头创造，享受随心所欲创作的乐趣。一款令人上瘾的游戏掌握着生命快乐的密码，怎么可能不让我们心甘情愿地付出时间和精力，沉溺其中呢？

什么样的人更容易沉溺于游戏呢？研究发现，对游戏上瘾更为严重的是输家，他会在“我就不信我赢不了”的执念中产生十分的动力，而只能在“我终于赢了”的胜利中收获八分的成就感。一旦掌握游戏的窍门，他们就会失去征服的乐趣，转而寻找其他更感兴趣的游戏。在游戏中，失败反而能激发人们重整旗鼓的勇气，将反思和经验运用到下一局游戏中，直至取得游戏的胜利。

为什么在游戏中无论遇到多大困境，我们都能坚持不放弃呢？因为我们坚信：只要别人能做到，我们也一定能做到，这是游戏玩家的“信仰”。信仰的坚定使我们不顾疲劳，忘记挫折，总结经验，变换思路，甚至试完排列组合的所有可能性，取得游戏的胜利。

游戏中的决策在某种程度上体现着我们的价值观。开始一局“斗地主”的游戏，就像每天要开启的人生。虽然我们总期待能够拥有俩王和四个二的最强组合，然而到手的大都是普通牌。在游戏中，不管我们拿到什么牌，都能心平气和地按照已有的资源去应对，因为我们还有队友可以打配合，不会轻易选择躺平。如果赢了，我们就创造了“平凡打败魔法”的奇迹，即使输了也没什么，下一局永远有未知的惊喜。

终于有一天，我们凭运气拿到了俩王和四个二，我们底气足到觉得闭着眼睛都能赢。我们傲慢地看着对手，激动地催促着对方，恨不得马上亮出撒手锏。然而俩王和四个二是不是最好的牌取决于我们想赢还是想赢得完美。因为单牌太多，我们不敢轻易放出任何一个“炸弹”。如果我们舍不得失去这个千载难逢的翻身机会，贪婪地想赢得更多的分数，就会陷入“患得患失”的犹豫。对方看出我们的犹豫，步步紧逼。如果我们仍然舍不得拆牌抵挡对方的进攻，对方就会在我们的纠结中轻易取胜。很多时候，即使拥有顶级资源，也无法避免自身短板的局限性，在贪婪和犹豫中丧失主动权。

什么样的牌能打败王炸组合呢？三带一、顺子、“炸弹”之类比较齐整的牌。这种牌虽然数字可能不大，但单牌少，没有挂碍。就在王炸玩家还在犹豫是否拆牌时，对方已经迅速下完手中其他的牌，只留下一个“炸弹”。根据多年的游戏经验，王炸组合需要花心思权衡利弊，否则不一定能够成功。最好的牌反而是整牌组合，花心思最少，成功概率最高。

我们大都是普通人，很难天生就占据大小王的优势资源，这看似是天生的劣势。如果换一种思路，因为没有资源和优势可依靠，我们更应该集中现有的资源，明确目标，减少“一会儿做这个，一会儿做那个”的犹豫和内耗，轻装上阵，才更容易做出一番成就。这也是教练“成就=潜能-干扰”的底层逻辑，是普通人成功的秘诀。

既然成功的道理这么简单，为什么生活中成功的人寥寥无几，大部分人还是沦为有目标却无法实现的普通人呢？主要原因有两个，一是没有发现自己的潜能，二是自我设限的障碍太多，容易受到外界的干扰。我就是如此，我经常被应接不暇的各种念头困扰，这可能是我喜欢有爆炸效果游戏的原因。在游戏中，我可以通过炸毁障碍物体验扫清障碍的清爽感。

游戏中的干扰和障碍是随机的，玩家们无法选择，但总能以“兵来将挡，水来土掩”的心态去积极面对，毕竟游戏本身的任务就是打怪升级。但我们对待生活中的障碍就没有这么宽容了。我们希望生活必须完全按照脑海中的计划来进行，一旦出现意外情况，我们就开始焦躁、抱怨，甚至逃避，不能冷静下来解决问题。当我们被控制在某个场景无法挣脱，人生这场游戏就没有了玩家，我们沦为了游戏的囚徒。

我们就像被困在密室中，不断被自己恐吓着：你打算一辈子保持这样的状态吗？都火烧眉毛了，你还不打算逃出去吗？在密室逃脱游戏中，我们会全力以赴，因为时间紧迫，生命受到了威胁，逃脱是唯一的选择。而在现实生活中，我们却总是犹豫不决，恐惧，担忧，难以迈出主动改变的第一步。我们总觉得时间还很充裕，还可以再耽搁一下。

我们到底应该以“有限”还是“无限”的心态来面对生活呢？《有限与无限的游戏》一书告诉我们：有限游戏有一个确定的开始和结束，拥有特定的赢家，只要有人获胜，游戏就结束了。无限游戏主张为了游戏而游戏，无限游戏的规则就是保证游戏永远不会结束。世界上有且只有一场无限游戏，就是人生。

参与有限游戏意味着必须接受有限游戏的规则去争取游戏的胜利，比如高考，我们必须在规定的时间内，按照规定的答案完成考试要求。等考试结束，一切尘埃落定，有限游戏就结束了。

无限游戏没有特定的规则，无限游戏参与者要保持游戏一直进行下去。高考结束了，人生就注定失败了？在无限游戏中，我通过反思回到过去，总结经验和教训，打破“被命运掌控”的限制，重新规划人生游戏，通过写作和教练，改变“失败者”和“受害者”的自我设限，将人生主动权掌握在自己手上。在无限游戏中，我们要找到引发负面情绪的漏洞，建立更多新的、有趣的生活体验，保证快乐人生体验一直持续下去。

有限和无限游戏的参与者都是自愿的，但有限游戏参与者通常认为自己做什么都是必需的。他们被规则限制，被他人的期望所围绕，所以有些游戏参与者在某种程度上失去了自由意志，忘记自己是游戏的主人，不能完全体会游戏的乐趣。

我们最初大都处于有限游戏中，不知不觉地接受着来自外界的规则，为了争取游戏的胜利，努力演绎着各种人生角色，机械地活在盲从的世界里。当我们遭遇了一系列的痛苦和打击，开始后知后觉：我们为什么非要活在大众的规则和控制下呢？人生一定要这么痛苦和无奈吗？当具备了能力和智慧，我们就开始先知先觉地去努力改变，勇敢破除那些阻碍我们的规则和枷锁，逐渐掌控人生的主动权。我们在一次次主动破局中，终于意识到：在人生这场游戏中永远没有输家，输了可以再来；也永远没有赢家，赢了也只是暂时的。只要生命没有结束，游戏就永远不会结束。只有卸下“输赢”这把枷锁，正知正觉地享受当下，才能体会人生这场游戏的快乐和喜悦。

在人生这场游戏中，觉醒了就是玩家，不觉醒就是囚徒。别忘了，我们选择玩游戏的初衷只是因为热爱。

如何玩好人生这场无限游戏呢？我们在游戏中续命的方式主

要有两种：一是购买游戏币或生命值，二是在等待中完成生命值的恢复。成为游戏高手的方式主要有三种：一是经常练习，不断从过去经验中吸取教训，找到容易踩坑的地方并修补完整；二是学习游戏攻略，从高手那里汲取经验，吸取教训；三是通过打怪升级，解锁更多高级道具和装备。四是发挥聪明才智，积极参与到游戏的设计中。互联网和人工智能为我们参与游戏设计提供了广阔的空间和更多的可能性，只要创意无限，普通人也可以获得共创、共享的机会。

亲爱的游戏玩家，为了帮助大家完成探索人生的主线任务，宇宙对游戏系统进行了优化和升级，提高了所有玩家的智慧值，并为每一位拥有独立账号的游戏玩家设置了专属的任务和宝藏。只要游戏玩家保持热情，积极探索，解锁游戏场景中的专属道具，就能更快完成任务，获得更高的生命值。祝各位玩家在人生这一场游戏中玩得开心，解锁专属的终极英雄徽章。

后记

开启一个人的修行之旅

恭喜你走过这段艰难又有趣的探索之旅，是时候把主动权交给你了。给，这是你的专属钥匙——热爱自己，它将带你进入全新的人生游戏——修行中。当你在热爱自己的游戏中解锁全部的任务地图时就会发现，终极英雄就是圆满的自己。

修行在本质上是一场热爱自己、践行天赋使命的游戏。外在的问题和痛苦在提醒我们偏离了自己的轨道，追求了错误的东西。如果我们坚持“不撞南墙不回头”，“南墙”将会在不同的场合以不同的形式反复出现。“南墙”中隐藏着我们的执念，执念背后是我们“不爱自己”的情绪漏洞。我们只有将“执着于南墙”背后的能量拿来爱自己、践行天赋使命，才能填补内在的情绪漏洞，顺利通关。通关并不意味着问题不再出现，而是当它再次出现时，我们能够更快地认出它，更加轻松地通关。

修行游戏的通关秘诀是做玩家不做赢家。当我们在擅长的领域取得成就时，不必沾沾自喜地沉浸其中，因为“想要赢得更多”会阻碍我们进步，唯有不断地放下、轻装上阵才能成就更好的自己。

毛毛虫热爱自由，忠于自己的信念和价值观，它们一生要经历四到六次的蜕皮，最后一次用尽全部力气吐丝成茧，再破茧而出，振翅飞舞。修行也要经历这样的过程，用柔弱之躯在环境中不断磨砺，感受成长中的疼痛和喜悦，直至长出坚实的外壳。人生的每一次蜕变都是主动打破自我与重生的过程，重生之后需要吸取更多营养，承受更多的磨砺，只为下一次成功蜕变。

没有什么是不行、不能、不可以的，只有不断打破有限的认知，坚持不懈地努力、向上挣脱，把生活中发生的一切当作养分，才能最终实现展翅飞翔的自由梦想。

最初选择写作是因为热爱，之所以能够坚持下来，是因为认识到自省是自我成长的必经之路。写作是勇敢打破个人偏见和狭隘、重获新生的历程，它是一面镜子，映照出我的困惑和痛苦，促使我回归内心去探究：我经历了什么，感受到了什么，执着于什么，然后将限制性的认知和情绪一点点剥落和化解，无限接近真实的自我。

只有不断修正认知的偏见，反求诸己，坚定地相信内心的感觉，才能越接近关于天赋使命的答案。

你的答案是什么呢？从你最喜欢、最擅长的事情中找共同点，这里面可能隐藏着你独特的创造力；从你最喜欢的游戏中找共同点，这里面可能隐藏着你最喜欢的生活方式；从你最有成就感的工作中找共同点，这里面可能隐藏着你的人生观和价值观。你也可以利用性格测评工具，寻找那些使你眼前一亮的建议。相信那个直觉，给自己一次探索生命的机会。

你还可以从传统文化中寻找答案。“修身，齐家，治国，平天下”告诉我们：始于内心的成长才是经世致用的智慧之道。

“天行健，君子以自强不息。地势坤，君子以厚德载物”告诉我们：广阔的自我世界一方面取决于信念和理想，我们可以天马行空般地去想象，用勇气和力量去探索，永不停息；另一方面取决于德行，我们能接纳和包容多少人和物，就能承载多大的理想。理想决定人生高度，德行决定人生成就，它们构成了自我世界的内涵和外延。

“否极泰来”告诉我们：从“不好”到“好”的距离是六十三卦，而从“好”到“不好”的距离只有一卦，外在不如意才是人生常态。只有当个体的努力结果恰好符合社会需要时，我们才能收获短暂而又幸运的“成功”。但只要我们走在实践理想的道路上，即使遭遇漫长又必然的“失败”，也是幸福和快乐的。

“金字塔原理的思维模式是否科学与合理”的答案在此浮出，金字塔结论，是整体中的局部，只有同时符合天时、地利与人和才能完全正确。因此，只有把握局部与整体、静态与动态的趋势和规律，才能在有限的生命里，做出短暂又合乎规律的选择。

未来的趋势是什么？我们可以从历史中寻找答案。战国时代各诸侯国百姓饱受战争、劳役之苦，民不聊生，和平与休养生息成为他们最迫切的期盼。当秦国把统一作为毕生目标，十几代人为此奋斗时，已经走在了民众心之所向的道路上。近代有志之士认识到戊戌变法、洋务运动等终究是在枯萎的树干上嫁接新枝时，他们开始在黑暗中探索代表人民大众利益的新文化运动。当摇旗呐喊，冒着受迫害的危险，穿过枪林弹雨为民众争取独立、自由和平等时，他们已经成为引领时代发展的先锋。

历史是先锋英雄引领的，是普通人共同创造的。什么阻碍了人们基本的生存和发展，人们就会迫切地期望改变什么，这是民众自由意志的体现。

如果大家厌恶弄虚作假，不想再经历“你糊弄我，我糊弄你”的相互伤害，那么真实和真诚就是未来趋势；如果大家厌恶明哲保身，不想再陷入“好人被冤枉而不敢施以援手”的恶性循环，那么善良和爱就是未来趋势；如果大家在物质追逐中无暇顾及美好灵魂，那么建设美好精神家园就是未来趋势。我们共同的愿望就是未来趋势！

换言之：返璞归真。回归符合自然规律的常理、常识、常情，回归自然的生活方式，重视内心情感和精神追求，与万物和谐共生。

如果你是开拓者，请为所热爱的事业开创一片天地，让更多人看到希望；如果你是跟随者，请默默积蓄力量，不断进步。创新是我们在人工智能时代的重要选择，我们终将在对美好生活的想象和创造中实现人生理想。

从今天开始，坚定地做自己，建设自己的精神家园。

从今天开始，沉淀和打磨自己，在内省中积蓄力量。

从今天开始，坚信自己独特的天赋使命，并为之尝试和探索！

如果你已经做好心理准备，就可以独自上路了。不要害怕，很多人已经在前行的路上了。只要你勇敢地面对真实的内心，怀揣善意和美好，相信直觉和灵魂的指引，朝着理想的目标前行，你需要的一切都会出现在前行的路上。

只有日复一日地走在喜悦和幸福的路上，才能抵达喜悦和幸福的终点。

超级英雄们，路上见。

致谢

写完初稿时，我认为自己完成了一件不可思议的事情，我迫不及待地想要宣布这个消息：我终于在一场酣畅淋漓的表达之后，与自己和解了！感谢“写作先生”为我提供了心灵的避风港，带我体验了一段美妙而又冒险的灵魂之旅。感谢自己努力从经验的世界挣脱，唤醒独立于客观世界的自我意识，使这本书穿透厚重的现实得以呈现。

尽管我对初稿爱不释手，可它仍是一部涂鸦作品，并且摆出一副“生人勿扰”的态度。张雁姐姐提出修改建议：作者沉浸在自己的情感中，与读者的共鸣不足。她鼓励我把读者变成朋友，让读者有获得感。感谢张雁姐姐的鼓励和引导，尽管文章远远没有达到“每个文字都让读者有获得感”的境界，但这种信念足以指引我去往更好的方向。

我的随性中带有很强的个人经验色彩，这种习惯很难由自己察觉和打破。感谢王钰博、刘泽老师在修正文章口语、重复语句和病句上付出的努力。感谢刘萍萍老师在文章结构调整、题目斟酌、排版上的认真细致和努力付出。他们严谨认真，确保文字表达的准确性、有效性。他们也非常包容，力求保持文章原本的语意和情感不被破坏。

第一次将文字付梓时，我经历了小马过河一样的犹豫。有人说水深，有人说水浅，我久久不能做出选择，差点儿放弃。幸好遇到周冬辉老师，他结合实际情况给予我宝贵的建议，避免我走入随意的偏执和盲目。他在我改稿的迷茫和焦虑之际，给予我精神上的安慰和鼓励：只要不孤注一掷，永远不用担心结果是否尽如人意。在有些冷清的出版行业，仍有如此优秀的人在坚持，他们身上的光芒让我感受到春天般的希望和温暖。

还要感谢我的导师光羽姐姐。每当我遇到无法解决的现实和情绪问题，她都会用智慧引导我走出执念和恐惧的泥潭：尽情体验人生每一场游戏，用顺其自然的心态迎接世界的无尽美好。

我用热爱理解和接纳自己，希望以更好的状态跨越和“你”之间关于文字、经验和情感的障碍。谢谢“你”的出现，让我成为更好的自己。

感恩生命中遇到的每一个人，每一件事，没有你们和这些事情，就没有我完整的人生体验，谢谢！